文
景

Horizon

云

是

黑

色

的

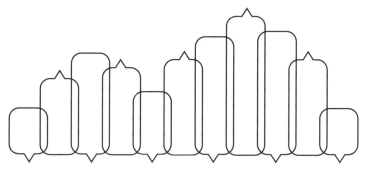

上海人民出版社

刘梓洁 著

有人爱你

若你也爱他，明天请对他说：天空是白色的

若那人是我，我会回答：但云是黑色的

如此我便知道我们相爱

——莱奥·卡拉克斯《新桥恋人》

推荐序

爱的角色接龙

小说家、编剧、导演 / 高翊峰

有好长一段时间，我一直想着关于爱的种种。

比如，爱的人与被爱的人，正在做爱的人，等待接受与被接受的性器，眼神交会时彼此传递的信息，结婚证书为社会带来的制度轨道与为爱带来的钳制束缚，也有类似像是多份同时存在的爱情，或者是情色女优在拍摄作品时，会不会对眼前大腹便便的男优，随着潮吹溢出了充满汁液感的真爱呢……

活着的人，应该有机会生成这些爱，是吧？

在死去之前，说不定，可以遇见各式各样的爱，对吧？

　　我在试着思考这类问题时，经常在疑问句上停下脚步。约莫在一个月前，我放下了这些思索。为什么？没有特别的理由。可能就像爱本身的抵达与消逝，没有可依循的逻辑。

　　就只是放弃了。包括书写的念头。

　　这么一段思索的时间后，关于爱的种种，得出的小结有些荒谬，仿佛一个经常反复的情境：

　　我停在红绿灯口，还没决定要跟着绿灯越过马路，还是等待另一边的红灯，如禁制的人形图腾一样止步，再等待另一个尚未到来的绿灯。我低下头，发现了脚边有一枚铜板，没有多加思索蹲身捡拾起来。我左看右看，身边并没有其他人一起等在这个路口。其他人，都在远一点的、各自停下来的十字路口等待。我无法判断铜板的面额与重量，只好把它放回到原来的地面，继续看着绿灯，以及逐渐减少的时计秒数，在只有我一个人的红绿灯口，持续等待。

我猜想，这个从梦里来的一段影像叙述，可能就是关于我的爱的种种吧。

写到这儿，意识到自己使用了许多不确定性的"可能"与充满犹豫的口语"吧"。这是面对其他小说命题时，应该避开的。我于是推想，是因为面对爱，也是以一种模糊之姿。

之所以模糊，是因为我没有角色，也或许，我还没有准备好面对角色，也还没准备好以协寻的姿态，裸露出那些躲藏于故事里的人物。

然而，我在刘梓洁的这本短篇小说集里，幸运地遇见了那么多关于爱的角色。

这本短篇集的形式并不特别新颖，一如"遇见"（"遇见"为该书的繁体版书名），这个词也是如此老派，如此平凡与日常。如米一样令人饥饿，如水一样使人饥渴，也可能如空气一样令人赖活与失去后感到窒息。当然，也一如爱的本身，可以不经意发生在街角。

爱，不就是那样？

转个角，就能有爱。

在形式的转弯处，发现了以为熟悉却无比新鲜的
小说。

爱，一直都没离开那些十字路口，只是等待小说家
的故事，将等在红绿灯下的他们与她们串联起来。

这部一式七份的爱情故事，以角色接龙，设计出现
代感十足的浮世绘。不时出现的戏谑感，我不以为是黑
色幽默，比较靠近的是你我他发现爱的不可驾驭的瞬间
心境状态：哭不是，笑也无能。

有人真以为，可以驾驭爱，在爱的过程，完全不撞毁？

那些欢爱的心灵与肉体，绝对不可能是零失事率的。
我以为，爱就是为了撞毁而诞生的。

我想，这部以人名角色串联的短篇连贯故事，运用
了脸书、微信、LINE种种现代社会的方便社交平台，充
分说明了爱的撞毁能力。这里面的许多设计，都是令我
羡慕的。在几次阅读的当下，巧妙的衔接安排，我真心
觉得如此安排，实在机灵。这也是作者身为编剧、导演、

作家三种视界经验，交错编织出来的说故事方法特质。

刘梓洁以小说家的思索与经验之心，找到了导演眼中的镜位视角，再以编剧的留白功夫，为读者留足了最大的故事余韵。

这些短篇，充满了影像感的叙述发展，也充满视觉节奏感的情节剪接。在单篇里埋设爱的陷阱，也在更细小的碎故事里，建筑更完整的信号。这样的形式，让故事发展更加畅快，很快就能投射故事角色们的情感位置。同时地，我不禁想到，现代的爱，因一切都加快了，只求便捷与有感的"速度"，已经换妆成另一张脸样了。所以才得以如此解剖叙事观点的技术，承载从短篇计量成长篇的可能性。甚至，在各个单篇里，直接如剪贴般，再植入更加零散但有机的小说元素。

不管如何快速剪接，各个单篇小型故事，与横向拉开却也留空的中型故事，之于我个人，都不断传递出重要的信号：在爱与被爱之间，即便只是单纯的性行动里，人都是需要慰藉的。愈是荒谬的情节安排，愈是说明了人畏怯的，不是没有真实的爱，更无法抗拒的是孤单。只是，令人气馁的是，这一切无关概率，也无法以平均值受惠的心情获得爱的庇佑，而是偶然与巧合，决定了一切，决定了爱。

是吧，爱的完全不理性，才是它迷惑人的初衷。

我们因此相信，爱可以碎成短篇。

我们更是相信，爱是无法形成结构的。

这或许也是，爱是小说永恒命题之一的原因。

走过一整本故事，不难发现，刘梓洁是说故事的能手。之于我，有趣的是，每一个故事里的叙事者，我，都成了叙事观点的画外音，让人生出——原来我就是那样需要着爱，也被爱伤害着的我啊——这样的共鸣。

读完之后，我个人其实生出了另一层次的共鸣质问：

爱，一种如此暧昧的抽象体态，能否随着时间而渐渐具体，也渐渐坚固？

我深深觉得，爱是禁不起陈年的；爱一被安置，伤害就开始了。除非，你能一直一直一直，遇见爱。

生命中可以承受的白烂 [1]

小说家 / 黄崇凯

大约所有男人在面对女人的时候都曾浮现过这个问句:"妈的,这女人到底在想什么?"可能出现在她对你的信息已读不回,也可能是她跑去向你的前情人们公开示威,或者她突然宣布要一个人出门旅行。于是男人就去拜网络大神,看两性专栏,咨询身边那些猪朋狗友怎么办才好。感情的事越理越乱,常常是case by case,没有一体适用的疑难处理SOP。这点完全可以从梓洁这部小说得到印证。

我们的时代充斥着韩剧式苦情(车祸、癌症、医不好),日剧式温情(谢谢你爱过我,所以请一定要幸福

8

哦），美剧式一夜情，以及通俗八点档的世间情。我总觉得，除了每日新闻跑马灯上那些想不开砍来砍去的谈判情侣，应该还有许多值得被描述出来的在地情感故事，它们也许很日常很普通，却能与大多数人产生共鸣。这些故事无需怪异的身世设定，情节不用下猛药洒狗血，只要直白明快地陈述，最好语言亲切，用字生活化，会让读者读着读着，觉得自己也有个类似故事里的朋友，甚至觉得那就是自己。

生命时常耍白目[2]，逼人只能白烂以对。这是梓洁的小说常常让我想到的事。在她小说里暧昧、恋爱或结成一对的男男女女，总是备受考验，因为姐写的不是童话，而是小说。作为微宇宙上帝的作者，她的子民该受的折磨一点不少，时常寂寞、空虚、觉得冷，想要得到幸福，却只能听到幸福在扮鬼脸地嘿嘿嘿，想不通自己为什么抓不住幸福。这很真实，有句老话不正说着吗：人类一思考，上帝就发笑。所以她笑嘻嘻写着表面世故内在敏感的小说，把悲伤、痛苦和尴尬稀释到不那么黏稠，好暂时能与那些大于生命的什么取得妥协。这也很真实，我们在遇见某些一时解决不了的困顿，不也只能大笑三声当作呛声，继续赖活吗？

况且命中注定遇见的常不只是爱，还有众多共享同个男人的前后任女友群组信，无法装腔耍狠，就只能无言以对。好比那著名的诗句，谁都和谁睡过了，但那并不猥亵，大家都成了朋友。何必为了过往交叉持股的烂机机[3]伤害彼此的尊严？偏偏就是有人想不开，妄想代位求偿，而这，在情感的经济活动里，只有受伤的份儿。许多谈情说爱的小说都告诉人们这个简单的道理：获利有限，风险无穷，盈亏自负。这部小说也是，但说法有点不同，最后还得加上一句：认真你就输了。可是不认真更常赢不了，人生在世总免不了要来些一厢情愿的自我作践，才能在复杂博弈的人际关系中获得一点抗体。毕竟老是受伤崩溃也不是办法。

那么，梓洁这女人到底在写些什么呢？——我猜她要说的并不复杂，感情世界虚虚实实，交错纠结，没必要事事追根究底，谁没有过去，过去就该让它过去。难过有时，寂寥有时，无奈有时，摆烂⁴有时，再伟大再轰轰烈烈的爱情故事，大纲整理起来不过一张A4。但千万别忘了幽默感这个对抗冷酷现实的武器，当一个人能笑看自己，还有什么能嘲笑他呢？梓洁这回随手掏出来的七篇小说，角色间隐隐联结彼此客串，像是底部相连的巨大蚂蚁洞，每条蚂蚁踩出的感情线，都叫人又痒又红肿，却又忍不住数着这些感情在线的蚂蚁意犹未尽。但愿她有空多盘点一下存货，下次来个一沓A4好吗？

---

1 无厘头。
2 不懂看人脸色。
3 指性生活混乱的男人。
4 无所作为，任凭结果出现。

小
兔

这几个字说出口，
就好像把一颗宝石用力地、直直地抛向空中，
然后等待，它掉下来后，谁会接住。

1

熊去打猎了。我总跟他说，你难道不能猎个大萝卜或大白菜吗？如果只是为了要射中某样东西。不，他仍然会拎只皮开肉绽的野兔或山鸡回来，要素食者他的妻子我烧水拔毛，而我们的小孩与他在帐篷外欢欣鼓舞准备起火烤肉。他们会在火堆里帮我丢一两颗马铃薯，那就是他们对我的爱了。

晚餐后，我会坐在营火旁，帮熊的弓箭重新上兔毛，或拿针线帮他把磨破的皮袄缝好，小孩儿一个个轮流跑过来，让我在他们红通通的脸上抹上绵羊油。一、二、三、四、五，我数着，等下把小孩骗睡了，熊就会过来挨着我，跟我撒娇说想要生第六个。我会叫他忍忍，等过几天我们移动经过县城了，找个可以洗澡的地方再来

办。他说好，他还会拿只羊腿跟街上的旧书店换两本书
给我看，他心疼地捡起我搁在脚边的《鲁迅全集》某一
辑："瞧，都被你翻得脱页了。"他像摸小狗一样摸摸我的
头发。

这就是他对我的爱了。

那我爱他吗？如果不是他，我应该还在巴厘岛稻田
中央的凉亭里练瑜伽，只穿一件小背心和宽麻裤，浑身
是汗，皮肤润泽，喝着冰凉的香茅蜂蜜柠檬冻饮，而不
是来到这日夜温差四十度的荒凉草原，把自己包得密不
通风、包成直径六十厘米的大圆柱，把皮肤又烤又冻成
一个大娘，烧着一壶又一壶的酥油茶。

不，不该是这样的。我把脸埋进手掌里，才慢慢、
慢慢地回神。不，好险，这只是我们用春节长假来内蒙
古参加的一个"塞上风情体验营"。瞧，隔壁几间蒙古包
的住客今天骑骆驼去了，导游正把他们一个个拉回来。
我们报名的是豪华完整体验套装行程，其实熊猎到的那
些动物都是旅行社先去放的，明码定价，万一猎到、杀

了、吃了，土鸡、兔子两百人民币一只，山猪、山羊两千一只。五个小孩儿也是我们加价租来的，一切都在广袤的民俗文化村里进行。

假期结束以后，我们就会搭机直飞回到广东，回到那面对深圳湾的酒店式管理高级公寓。熊有时要带客户去东莞应酬，我从网络和电视多多少少得知那儿有些什么好玩，我尽量不闻不问，当一个好妻子。但上礼拜我在他西装口袋发现了一张桑拿娱乐城的菜单，才知道我在具备顶级蒸烤炉的美式大厨房里，向帮佣阿姨学习怎么把肠粉拉得平滑Q弹，怎么配出健脾补肾、清肺润胃的煲汤材料时，原来他都在水蛇缠腰、环龙吐珠、冰火貂蝉，还天女散花咧。

这就是我要的吗？不，不不，不该是这样的。

我把脸埋进手掌里，再一次，慢慢、慢慢地回神。不，我不在内蒙古，也不在广东，我在台北巷弄里的老公寓二楼的一个房间，周围除了一只叫雷克斯的大肥猫，没有其他动物。我面对着计算机，子夜二时，早就过了我该睡觉的时间。

刚刚那些场景情节，是我对着计算机屏幕上这四行字提供的线索，所能想象出来的最大极限。

昵称：熊（男，36）

兴趣：射箭

区域：广东

职业：科技业高层

我在"命中注定遇见爱"（*We are destined to be together*）交友网站完成注册两分钟之后，信箱马上涌进122封新邮件，都是这个号称精密统计科学配对的系统主机寄来的，主旨是："熊 极可能是您命中注定的对象！"以下121封的"熊"置换成阿忠、Vincent、内湖梁朝伟、等爱的人、憨厚工程师、身高180月入120K……依照配对分数排列。这位住在广东、从事科技业、兴趣是射箭的熊，与我的相配度竟然最高分，满分100分，他拿到了99分。信件内文说："赶快点进去看看，你们有什么共同点！"

我点了，看到了他的其他信息：

照片：未上传

个性：未填

喜欢的女性类型：未填

喜欢的食物类型：未填

喜欢的电影类型：未填

喜欢的书籍类型：未填

留一句话给她吧：未填

随便再点个阿忠，都比他有诚意得多。（留一句话给她吧：我叫阿忠，希望能与善良乖巧的你，共伴一生。）

我随即意会到，这科学配对的依据是什么。点进我自己的档案：

昵称：小兔（女，34）

兴趣：做菜

区域：台湾台北

职业：服务业

照片：未上传

个性：未填

喜欢的男性类型：未填

喜欢的食物类型：未填

喜欢的电影类型：未填

喜欢的书籍类型：未填

留一句话给他吧：未填

　　我哈哈大笑起来，明天告诉马修他一定也会笑到在长椅上打滚。原来我们最大的共同点叫作"未填"，而我还把我和他的下半生想了一次。

　　但，我不完全认为这是乌龙。首先，我们绝对有一个共同点叫作"懒惰"。不是我不乖乖填，而是每个问题底下都有好几页的选项，而每一个选项还要分别给分。

例如喜欢的书籍类型，一点"文学"，就跑出女性文学、儿童文学、现代文学、情色文学、各国文学、西方文学等第二层选项，精密严选我可以接受，但问题是这些选项的分类根本一点都不精确。现代文学就可以包含其他各种文学，各国文学跟西方文学又要怎么切割呢？我按"跳过，回到上一层"，再点了"小说"（奇怪，小说就不能是文学吗？），乖乖，它伟大精密的系统再弹出好长一段：犯罪小说、家世小说、奇幻小说、历史小说、恐怖小说、幽默小说、军事小说、悬疑小说、爱情小说、科幻小说、惊悚小说……要我逐一分别给分，底下标注：1到5分，5分＝非常喜欢、4分＝喜欢、3分＝还好、2分＝没感觉、1分＝不喜欢。我分得清楚"喜欢"跟"非常喜欢"的差别，但我搞不懂"不喜欢""没感觉"，跟"还好"有差别吗？不就都是"不喜欢"的各种婉转版本吗？

我、放、弃。我按"跳过"。

我们第二个共同点："叛逆"。每按一次"跳过"，系统就会"噔"一声，弹出一个好像你计算机中毒的惊叹号大窗口，写着："请注意！回答得越仔细越有助你找到中意对象，每跳过一题都可能丧失一次缘分！你真的要放弃吗？"我按"确定"。也就是说，我和熊，各自按了几十次的"跳过"与"确定"，被几十声"噔"在安静的深夜吓了几十跳，被几十个有如媒婆大婶的警告窗口恐吓，我们仍坚持"未填"。这不是叛逆是什么？而最终按下"完成注册"键时，我们相遇了。

还有第三个共同点：虚无。我们一定不信光靠这什么鬼网站就可以帮我们找到幸福，才可以如此摆烂。那么，既然不信，又何必来注册呢？我不知道熊怎么想。但对于我，我纯粹只是想要让马修开心，或者说，让他放心。

2

对，上网寻找真命天子是马修帮我想出来的，下半生不致孤独终老的方法。"命中注定遇见爱"是他从几百个交友网站帮我过滤出来的，"网友公认最正派，绝对没有找打炮的。"他说。网页是他帮我开好的，"我是女，找男"，那个键是他帮我按的，昵称也是他帮我打的。

不，我不叫小兔。没有人叫我小兔，我叫杜淑雅，大部分朋友，包括马修，都叫我小雅。但我不要在这对全球公开的昵称栏上就叫小雅，马修说："那就叫小杜好了。"结果他手残，打成"小兔"。他说小兔看起来好像比小杜可爱，就这样吧。我说好。

而这整件事的导火线是，那个建设公司小开。我们店里的常客秀珠姐（一群跳完土风舞会来喝精力汤和美容饮的婆妈之一）说她邻居有个外甥，老爸是开营建厂的，38岁了还没对象，说要介绍给我认识。经过马修的长期劝说，我已变得开放而审慎乐观，我说好。结果那小开托了秀珠姐，来问我的身份证号，说如果是要认真交往，彼此之间还是越坦诚越好。我问有了身份证号可以查什么？秀珠姐说他们家跟代书、户政事务所办事员都很熟，可以查你家世清不清白、名下有过多少不动产往来……看我脸色难看，这媒婆自以为幽默地暧昧补上："他说过哦！公平起见，你也可以问他一个有关数字的问题。"她挤了一下眼睛。

多长？多大？多久？几次？太低级了。我说如果真的是要真诚交往，他想知道我什么身家背景我都会告诉他，但我只想问他：请问您去年看了几本书？

话传回去，又传回来，得到："这女的好像很骄傲，我们招惹不起。"

太奇怪了，这世界。问人家有几个老爸有几栋房子不叫瞧不起人，问人家读几本书就叫自视甚高。

"太没礼貌了吧，这世界！"我掐着刚送来的有机豆芽，马修在吧台清着咖啡机。

"不是这样的，这个方法不适合你，我再帮你想想别的。"马修说。

"为什么不适合我？"我把脸埋在整盆豆芽里。

马修走出吧台，走到我身边，揉揉我的头发，说：

"因为你是个大笨蛋啊。"

多么像日剧里的情侣互相撒娇，对吧？要告诉各位的是，我们从认识的第一天开始，就这样讲话。我们一样大，十八岁认识，是外文系的同班同学，开学日全班自我介绍时就发现我们的笑点都一样。

我们大学四年每学期都选一样的课，坐同一张桌子，手牵手上课、下课、吃饭、看电影，搭公交车听音乐时头靠着头一人戴一边耳机，从没有吵过架，永远都有说不完的话，每晚在宿舍门口分开前紧紧拥抱。

所有人都觉得我们在一起了，但只有我们知道不是那么一回事。在我们认识十六年里的前面十年，我都认定他是死不出柜的gay，所以对"我们互相喜欢却不能在一起"这件事实的态度，渐渐从悲壮到淡然。"我们永远都会是最好、最亲密的朋友。"后来好几次我抱抱他，亲亲他额头，这么对他说。但后面这六年他慢慢用行动证明，慢慢让我接受，他不是gay，只是，我们真的不能在一起。

不，不要乱猜，不要自己演，不是什么同母异父、同父异母的烂哏[1]。

先说说前面那十年好了。好几次我们都已经花了钱开了房间，我都已经从他头顶吻到脚底，一丝不挂缠在他腰间了，他、就是、没、反、硬。对不起是没反应。我说马修同学我们是两具二十岁炽热的身体呢，你就赶快向我出柜吧。我们就这样嬉嬉闹闹了四年，谢天谢地的是，我的身体好像也没有因此不满足，或者说，我好像也自然而然地对他的身体没有了欲念。比起性，我反而更喜欢他抱抱我、摸摸我的头，像老外那样互相贴贴脸、嘴唇轻轻碰一下嘴唇，对，不要舌头。

到了大四毕业前夕，他跟我说，终于还是要告诉你了。"我有一个指腹为婚的对象。"我一听只觉得天哪你好可怜，你真的被男性、父权压抑得好严重，我知道你阿公跟你爸都是医生，你这独生子念外文系已经够娘了，如果还被他们知道你喜欢男生就是家族蒙羞了。

"如果这世界上，你只可以、只愿意告诉一个人，那一定是我，对不对？"我还记得我们穿着学士服，拎着那四四方方的帽子，在操场边等着要拍团体照，我这么对他说。他说他真的不是，真的有个他爸爸朋友的女儿，他们从小玩在一起，但是那女生不适应台湾的升学环境，高中就被送出去，现在在美国念牙医系，他近视千度不用当兵，毕业后就要去找她了。好一个美国的烟幕弹。他越说他没骗我，我就越觉得他在骗我。

"我以为我们之间应该是没有秘密的。"我那时二十二岁，该有眼泪的时候也有眼泪，该爱演的时候也很爱演。那应该是我认识他十六年之中哭得最惨的一次，我哭到眼睛肿起来，哭着奔跑穿过一群一群穿着黑袍的欢乐同学，跑回宿舍躲起来，我没有拍任何一张学士照。我那时也许想着：我要让你的大学毕业照里没有我。日后回想起来，那些泪水也许只是因为我已隐隐约约知道，我再也不能自己骗自己了。重点不在这年头还有指腹为婚，而在他对我的喜欢，不足以强大到让他去抗命，重点在他也很喜欢那女生。重点在他不是gay，他有喜欢的女生，我不是他最喜欢的那一型。

马修离开后，我也遇到了几个与我在床上契合无间的男生，我没闲着。马修每次回来，我们还是手牵手去吃饭、看电影，一直牵到六年前他无名指上多了个戒指。他们回台湾办婚宴时，我还去参加了，带着我那时的男朋友，一个开吉普车到处跑的摄影师。我们四人还曾经一起出去玩，我看着他那搪瓷娃娃般细致的牙医师新婚妻子，的确找不出一丝一毫理由来讨厌她或嫉妒她。她叫慧娴，聪慧娴静，女模特儿般的修长身材，脸上总带着真诚的笑。你看到她就会很想张开嘴巴，让她把你一口烂牙修好。

马修说他跟慧娴说过我们之间所有的事，慧娴很有智慧地说："那我就把小雅当作你的妹妹好了。"她说这样，她也就没有理由讨厌我或嫉妒我。

偶尔只有我和马修的时候，我们会荤素不忌地聊所有话题。他把我那些来来去去的男友用"性兽一号"、"大鸟二号"……来命名。

　　我们都不知道文学可以干吗，他在美国的大学出版社工作一段时间之后，就去上培训课程，拿了咖啡师和调酒师执照，在华人小区开了店，生意很不错。我在台北的出版社工作了几年，学了瑜伽，拿了师资证照，接着几近走火入魔，不停去苏美岛、巴厘岛、柬埔寨各地瑜伽研习营，开始吃全素，把自己晒得很黑，把自己弄得很穷。马修对这些没兴趣，我唯一能跟他分享的是我在这些瑜伽小区学到的食谱：无淀粉蓝莓坚果塔、姜黄茴香南瓜扁豆汤、甜菜根豆芽全麦卷饼、玫瑰豆蔻豆奶优格……我拍照传给他，让他变化调整后加在他咖啡馆的菜单里，他说大受好评时，我就特别快乐。我们仍时时刻刻在分享，如一对感情特别好的兄妹。

　　后来，我把台北租屋退掉，把所有家当卖掉，背着一个大背包，跟在清迈认识的"猛男八号"（仍是马修命名）搬到云南大理去开民宿，结果不到半年就分手了，这个意大利猛男回他自己的国家去。我用仅剩的少少的存款，去了一趟梅里雪山，住在一家叫"守望6740"的青年旅馆，名字很美，视野很正，一个床位三十块人民币，没有热水没有浴室。6740，指的是卡瓦格博峰的高度，6740米，那是一座无人攀登成功的圣山。我每天清晨在静谧的蓝光中等待日出，这儿的人称这景致为"日照金山"，第一道阳光会正好打在圣山的山巅，而后如勾金边一般，勾出一整条绵延的金色棱线。传说有幸看到的人会有好运，我每天都看到，但我口袋已经要见底。

我在村子里的网吧把照片传给马修，三十秒后他回信要我马上跟他skype视频聊天。那个空气快要冻结的傍晚，我在周围藏族青少年格斗游戏的音效中，马修在帕萨迪纳那个亚麻窗帘透着晨光的大洋房，我们一同做了改变人生的决定。

不，不要乱猜，不要演。不是他终于愿意为了我抛妻弃子，而是，他们一家四口决定搬回台湾，他要开一家咖啡馆。"我需要你，小雅，真的。你不该是你现在这样子。"我对着网络摄像头擦眼泪擤鼻涕，马修不知道

为什么也哭了。他说他是心疼。我开始了解"守望"这
两字。

这是一年前的事。这一年来我在他开的咖啡馆里当
厨师，在后场做蔬食轻食，他说他帮我放了"干股"，领
薪水之外我也是老板。这些我听不懂，我若感觉他给我
的钱多了点，就给他两个小孩买衣服买玩具。他当初没
告诉我的是，他太太的牙医诊所也会开在隔壁，统一风
格的装潢，一看就知道是琴瑟和鸣关系企业。我住在咖
啡馆楼上的小房间，每天打烊后，而慧娴看诊结束前，
马修会上来和我聊聊天，帮我清理计算机桌面，更新手
机软件，或是像刚刚，他上交友网站帮我注册了个新
账号。

他打完"小兔"两字之后，慧娴车子喇叭在楼下轻
轻按了两声，他和我拥抱后说拜拜，"要乖乖把个人档案
完成哦！"他像交代作业一样地说。

于是现在，我看着这122封精选配对，不知道下一
步该怎么做。我往后一躺，拿枕头盖住脸。如果认真交

往必须坦诚，那么这122人之中的任何一人，都愿意听我讲，我和马修的故事吗？

嘟嘟嘟。计算机传出的三连音让我弹坐起来。屏幕上出现了一个粉红色边框的信息小方格，是从"命中注定遇见爱"网站的聊天室传来的。

是熊。他说："小兔，你睡了吗？"

3

熊：小兔，你睡了吗？

小兔：嗨，你好，我还没睡。

熊：你都这么晚睡？

小兔：不，我早睡早起。今天是例外。

熊：是为了遇见我？

小兔：对不起，是为了搞定这鬼注册。而且，我不习惯甜言蜜语。

熊：好吧，那你赶快洗洗睡了，快到更年期的妇人了，别熬夜。

小兔：谢谢你，我已经涂了除纹抗皱霜，在敷蒸汽面膜了。

熊：那我们各自问对方一个问题，回答完我就让你去睡觉了。

小兔：睡觉是我自己决定的，为什么要你让我去？

熊：好好好。我可以问了？

小兔：请说。

熊：你的个性是不是有点儿懒惰，有点儿叛逆？

小兔：是。

熊：就这样？你不问我为什么知道？

小兔：这样我不就把我的问题用掉了。

熊：好吧，那我自己回答，因为我也是这样的人。换你问了。

小兔：你需要带客户去东莞应酬吗？

熊：这就是你的问题？

小兔：是，请回答。

熊：不用，我是做研发的……等、等一下，你该不会是在东莞工作，上网来假交友真拉客吧？

小兔：不、是！

熊：哈哈，逗你的。我当然知道你不是。我在这网站注册半年了，今天是我第一次找人聊天。

小兔：为什么？

熊：我只是觉得，总要有个开始。

小兔：嗯，总要有个开始。我喜欢这句话。

熊：你终于称赞我了，大小姐。

小兔：我没有称赞你，我只是说，我喜欢这句话。

熊：我以为做服务业的身段都很柔软，嘴巴都很甜。

小兔：哈，内场就不用。我在朋友开的咖啡馆当厨师。

熊：真的？都做些什么菜？

小兔：我只做素食，不能帮你做羊腿羊脑。

熊：哈哈，为什么我要吃羊腿羊脑？

小兔：因为你射箭呀。

熊：哈，我射箭是在射箭场里，对着靶射。

小兔：为什么喜欢射箭？

熊：射箭最需要的是心定。它可以帮助不平静的心，平静下来。

小兔：跟瑜伽一样。其实好像所有的运动都一样。

熊：这很有趣哦。每次我越想着要射中，越射不中。什么都不想的时候，反而射得准了。

小兔：真好。我喜欢这句话。这次我是真的称赞你了。

熊：谢谢你。你困了吗？

小兔：好像过了最困的时候了。

熊：那，要不要换个地方聊？我觉得这儿聊天不是很方便。

小兔：好啊，去哪儿？

熊：你有微信吗？

4

我们在某处遇见某人。可能是音乐声大到要让人耳聋、灯光天旋地转到要人想吐的夜店，可能是一人拿着一杯鸡尾酒、没有位置可坐只好拿着一直走动一直对人说嗨、社交恐惧症患者无处可躲的企业界或学术界酒会，可能是高铁车厢里，可能是青年旅馆的多人上下铺，会有一个人过来，跟你聊了几句之后，问你："要不要换个地方？"

这是某种遁逃的、私奔的邀约，我们暂时抛弃这些不重要的人吧。顺利的话，"你家或我家"，不顺利的话，消夜吃了三摊越聊越没劲，各自回家。不管会如何，总要有个开始。总要有个人，主动开始。

正如十六年前，开学第一周的"大一语文"课，马修递来纸条："我们下一堂逃课去看电影吧。"钟声一响，我们就背着书包跑出大学校门，搭公交车到河的另一岸去，去一家叫美丽华的二轮戏院。买了票，买了饮料，却不知在看啥烂片，马修在我耳边说："我们再换个地方吧？"

黑暗中，我拉着他的手，走出去了。我们在犹如迷宫的巷弄里漫无目的地走着，偶尔看到"白马宾馆"那样的招牌也没反应，那时还太早，对我们来说。我们买了个炸地瓜片边走边吃，走到复兴美工旁边一整排美术社，进去把每种笔都试试、每种纸都摸摸看，到废弃百货公司改成的电子娱乐城也进去胡乱玩了一轮。然后走到了桥边，我兴奋地转头对他说："我们走着过桥吧！"

那是一座红色的桥，其实不长，所以我们又想了很多游戏来走得更慢一点。例如，确定左右两边都没有马上冲上来的车子，抓紧那几秒钟，一边尖叫一边穿桥而过，奔跑到另一侧，这就足以让我们笑不停。来回跑了几次，边笑边喘，笑完了，站在桥上，看着景美溪及远方的天空，我们沉默了几分钟，当时我们什么都还不懂，就已经知道，我们在享受两个人之间的宁静。没有一个人急躁地问：你怎么都不说话？没有一个人打破静谧说：
走吧。

突然，我说话了。我看着天空说："天空是白色的。"

这几个字说出口，就好像把一颗宝石用力地、直
直地抛向空中，然后等待，它掉下来后，谁会接住。但
亦有可能，直接坠地粉碎，清脆而绝望。我闭上眼睛，
等着。

"但云是黑色的。"

一辆车呼啸而过之后，我听见马修说。

我几乎整个人跳到他身上，双手环着他脖子，不停
叫着："我就知道！我就知道！"

在那之前，我们虽然已经说了很多的话，但还没聊
到《新桥恋人》。不过，要很客观很理性地事后来判断的
话，我们都是高中时整天泡在校刊社的人，要知道这经
典台词，概率太大了，就好像那时随便找个对文学有点
兴趣的人，对他说："如果在冬夜……"他一定会对上：
"一个旅人。"对他说："生命中……"他也一定一字不差：

"不能承受之轻。"

但是不管，那时我们就站在桥上，马修又高又帅，我们十八岁，我都觉得远方的天空要为我们放上几道烟火。我们那几年还笑说我们是"永福桥恋人"。

二十九岁那年，我自己去了巴黎，在新桥上拍照传给他。他在加州，正被刚出生的大女儿Rose搞得夜夜失眠，看了照片，他只回传："好美。"后来我才知道，他和慧娴的蜜月旅行就是去巴黎，但他好像忘了新桥这回事，跟大多数蜜月夫妻一样，只知道铁塔和LV。

也许所有的遇见，都只是一厢情愿。

而在今天凌晨，出现在聊天室而与我相似度99分的陌生人，熊，也对我说："要不要换个地方聊？"而他要与我移阵的目的地，叫作"微信"。

我花了半小时才装好微信，因为花了二十五分钟在每个抽屉里找马修帮我写下Apple ID密码的小纸条，又花了十五分钟注册完成，整整四十五分钟后，我和这位有耐心的新朋友终于成为微信上的好朋友。

他传了一条长度两秒钟的语音来，也就是说，我只要一点，就可以听见他的声音。我点了。他说："广东好冷。"

声音有一点厚厚的、浓浓的，不难听，也没什么口音，但像是含着牙刷，或在被窝里。我虽然还坐在床边的矮桌前，面对着计算机，但也披上了棉被，穿上了毛袜，戴上不致妨碍打字的半截手套。对，这是台北的二月，湿冷到骨头里的二月。我依照微信上的指令"按住说话"，按住那个键，然后说：

"台北也好冷。"

放手。这五个字变成另一条语音文件，出现在只有我们两人对话的页面上。像是开了个房间，而里面睡了两条很冷的人。我拉好棉被，倒头睡去，大肥猫雷克斯极配合地重新调整位置，待我躺好，它窝到我腋下。快要完全失去意识的时候，我把眼睛打开了一个缝，看手机里那方格，仍只有这两条。

熊没有再说什么话。我沉沉睡去。

　　而十二小时过后的现在，马修和我已经卖出六十八杯山药紫米薏仁豆浆、五十四杯热拿铁、八杯无咖啡因咖啡，和三十八份蔬食五谷全餐，他已经结完所有账，我已经洗好所有的盘子杯子。手机里都没多出第三条语音。我让马修听那两段语音，听了至少十六次，而我自己应该听了五十次。

　　广东好冷。
　　台北也好冷。

　　现在这九个字，还继续回荡在下午时段暂时打烊的有机蔬食咖啡馆里。

　　"你没听出什么吗？"我问马修，一边剥着黄豆的外壳。

　　"不就是很冷的对话吗？你这样回，他一定不知道要回什么了。"马修把烘好的豆子装到密封罐里，"他说广东好冷，你应该说，给我地址吧，我给你织条围巾寄过去。"马修三八装出娇滴滴的声音。

"或是你赶快来台湾,我们睡在一起,就不冷了。"
马修没完没了。我把一颗黄豆丢向他,他捡起来,吃掉。

"你真的忘记了吗?"我不死心。

"是什么?你就说嘛!"马修时间越来越少,越来越
不喜欢拐弯抹角。

"就是永福桥恋人啊。"我说完,马修手机的短信
响了。

"那是什么?是一部 kuso² 的本土片吗?"马修看完手
机,紧张起来,"我连 Rose 和 Iris 晚上要上芭蕾舞课的舞
衣舞鞋都忘了带了,你还考我几年前的事。"

我看着马修走出吧台,看着他快速在褐色棉 T 外面
套上厚织毛衣,再披上围巾,走出店里,拿着遥控锁对
他们的高级休旅车发出哔哔两声,坐进车里,还是很帅,
就像所有汽车广告里的有女儿的爸爸。但他有些部分黯
淡了,真的变成了一个父亲。

他真的都忘记了。

"天空是白色的。"我自言自语。然后按下熊传来的那个语音：

"广东好冷。"

"但云是黑色的。"我回答他。然后再听见自己从手机里回答：

"台北也好冷。"

这种神经病事，现在马修不会陪着我做了，我也只能趁着他不在我身边的时候发发神经，上个月他发现我会叫Siri念关于"永和的中和路"与"中和的永和路"的绕口令，马上把我跟他两个女儿丢到车子后座，把我塞在两张儿童座椅中间，带我和他们全家去吃乐雅乐。

"你干脆也帮我点个儿童餐好了。"我愤愤对马修说。慧娴看出我的不悦，轻轻捏捏我的手，说："改天我们找个Lady's Night，自己去玩，别理他。"她像个雍容大气的后母，调节着我和父亲马修之间的紧张气氛。我们都知道这只是圆融的场面话，不可能成真，吓死人，我跟我前情人的老婆去Lady's Night咧，但我还是把自己的眼睛弯成像她一样的半月状，希望自己看起来像她一样得体成熟。

我把咖啡馆的灯熄了，门锁了，回到楼上的小房间。从下午两点半到五点半这段空当，我大部分时间自己练习一堂流很多汗的串联瑜伽，再洗个澡。但今天我躺在懒骨头上，抓着手机不放，像抓着奶瓶或奶嘴。

我研究出来，微信里还有个功能叫"摇一摇"，比填八十页问卷的交友网站简单利落太多了，只要拿起手机摇一摇，程序就会帮你找到这世界上同时在摇手机的人。太浪漫了对不对，在这个瞬间，这个与你相距数千公里远的人跟你同时摇动了手机，这就是缘分。很抱歉，我摇了十二次，摇到了八个Hi和四个想打炮的。而，熊仍未传来任何信息。

奇怪，这到底是什么花痴心态呢？不，比较像是，小孩被绑架了，家属等着绑匪打电话来的那种心情。那我被绑架的是什么？我打死都不会说是我的心，太早了。顶多就是某种注意力。对，注意力被绑架了。我应该睡个午觉，以免自己时不时去看那该死的微信。

我把手机设好闹钟，切成静音收到抽屉里，在床垫上躺平，瑜伽的摊尸式。手心朝上，双脚打开成大字形，感觉眼睛沉入后脑勺，全身放松。我的左脚抖动了一下，很好，这叫释放负面能量，再感觉肩膀融化，我的右手掌也抖了一下。

有一种说法，说练习摊尸式是为了练习死亡时的平静释然。我模拟着，在这屋子里孤独死去的那个老人，是如何安详离去。

5

是的。一年前，当咖啡馆和隔壁的牙科诊所，都快装修好时，我和马修坐在院子里，讨论着菜单设计，他才说了。他不是我的恩人（我在云南深山里，一块钱都提不出来时，是马修汇钱给我，让我买机票回来），慧娴才是。

那天凌晨四点，他们在加州接到台湾打过去的电话，说：叔叔走了。他和慧娴在黑暗中决定，夫妻俩先轻声收拾行李，等小孩睡醒就去机场。慧娴折着衣服，中途几次忍不住捂住嘴巴痛哭，马修上网订机票，一开计算机就收到我寄给他的雪山照片。

"小雅你知道吗？我那时真的觉得，只要我一放手，你可能下半辈子就会像慧娴的叔叔一样。"马修说。这位叔叔，其实是慧娴身份证上的父亲。慧娴有三个哥哥，一个姐姐，她是老幺。她爸的这个弟弟在兄弟中长得最帅、最会读书也最会赚钱，三十岁就当银行副经理，可是对女人毫无兴趣，人家介绍他也不要，终身未娶，孤单一人。大家族长辈之间不知道怎么商量的，决定把慧娴过继给叔叔，她还是在亲生父母家长大，称呼也都没变，只是她成长过程中的所有学费、生活费、补习费，都是叔叔来支付。

马修和慧娴回台湾时，和叔叔一起吃过饭。"那是一家在大稻埕的日本料理老店，她叔叔进去所有女服务生都站起来九十度鞠躬，叫：林桑您好。"叔叔那时快七十岁了，还梳着油头，穿着铁灰色三件式西装，用日语点菜，叫了整套怀石料理给他们两人吃，自己只吃一份生鱼片、一条烤鱼，配了两盅温清酒，"话很少，却仍然让你感觉很温暖的那种老绅士。"

这样的一个老型男，有两户相邻的房子，有很多存款，退休后每天早起开着奔驰车去阳明山健行泡温泉，每年夏天去爬富士山，却一个人孤独死去，四天后才被发现。不是尸臭传出，比那个好一点，是山友们觉得有异，怎么一连几天没看到林桑，联络到他退休的银行，才找到他，一身整齐的睡衣，自然死亡。

慧娴是这两户房子和那些存款的法定继承人，她对炒房没兴趣，也不想当包租婆，所以他们决定开了咖啡馆和诊所。她只留下一小部分现金来重新装修，其他的，她全部捐给了照护孤独老人的机构和基金会。"她说，不希望再有生命孤孤单单的了。"

"她真的好美。"听完后，我对马修说。因此，我也成为这对夫妻发愿"不再让生命孤单"的受惠者之一。只是孤单这种事，有时就是命。

我问过马修，他们难道没怀疑过，叔叔可能是不出柜的gay？马修说杜小雅这就是你修行多年，对单身优质男人唯一的判读方式吗？他说他们当然暗自揣想过，但从遗物看不出任何蛛丝马迹。慧娴的妈妈说，家人很早就帮叔叔去算过命，算命师只说，这人太清了。一个人反而比较好。慧娴从小到大，每一次的家族聚会，只要亲戚们问起叔叔有没有对象，眼光不要太高、不要那么挑，找个温温顺顺的娶了就好，叔叔只简短回答四字：没有遇见。

遇见了，就不孤独了吗？我想起有次去洗头看到时尚杂志上面乔治·克鲁尼的专访。记者问他："你难道不怕一人孤独老去？"克鲁尼回答："不怕，有人陪伴还感觉孤独，那才是更可怕的事。"（Well，但他后来也遇见他的真命天女了，祝他幸福。）

大概是住进这屋子的第一天吧，我就开始睡前在心里默祷：“亲爱的叔叔，您好，虽然我不认识您，但是我很谢谢您。但愿您现在过得很好。也希望您保佑每一个生命都能真正快乐，活得自在。”我们把叔叔爬山拍的照片裱框，陈设在咖啡馆和牙科诊所墙上，这就是一种守望与陪伴了。

抽屉里的闹钟响了，我该起床开店了。拿出手机，果然，什么都不想的时候，反而得分了。手机上显示：熊传了一张图片给您。

我点开，是一个直立式电暖器。哈？现在是跳接到拍卖的卖家传图检查品相吗？底下有一段比较长的语音，我点了。那连续的弧形符号闪烁着：“昨天传完那段声音给你，我才感觉，怎么冷得不像话了，原来是空调坏了，自己瞎弄了半天，没好，早上请人来修了一下。现在终于好了。我今天排了休假，自己煮了咸汤圆吃。你今天过得好吗？”

你今天过得好吗？我记得在出版社工作的那两三

年，每到傍晚时分，就特别喜欢偷听我的温柔女主编讲电话。她总是抬头看了钟，四点二十分，就拿起电话，按了一串像是闭着眼睛都不会按错的电话，接通，她会问："你今天过得好吗？"接着交代冰箱有绿豆汤，篮子里有面包……其实她是在和读中学的女儿讲话。有次在她挂掉电话后，我忍不住说："主编，你跟你女儿说话好像在跟情人说话哦。"没想到一整排五六个女同事纷纷抬头应和："对呢，我也每天在偷听！""哈！我每天都好期待哦！"这些女生，那时都与我差不多大，二十多岁，单身、独居、小资，不知道她们后来怎样了，是不是还是一个人？

熊的声音听起来爽朗而温柔，有一种包覆力。我仿佛听见我那被绑架的注意力仍在呼吸，松了一口气。

我在手机里选了一张雷克斯猫咪睡到四脚朝天的照片传给熊。然后，按住，说话，尽我所能，用最明亮愉悦的声音："我刚睡午觉起来，准备开店……"

我还没说完，但我松手了。这句话先传了过去。我从窗帘一角看到马修的车子开回来了，他把车子洗过了，打上亮亮的蜡膜。他下车，关上车门时，习惯性地，往二楼我的窗口注视。我突然意识到，这是他每天，停好车后做的第一个动作。

他的视线还停着。我拉开窗帘，隔着冰冷的、微微起雾的玻璃，努力给马修一个大微笑。他看见了，嘴角略略上扬，对我挥挥手，仿如初见。

我把喉咙里，一块感觉卡卡的东西，咽了进去。再次用左大拇指按住手机屏幕。

说话。

"台北还是好冷，天空是白色的。"

放手。

这句话变成一段语音文件，传到千里之外。不管他能不能听懂，至少他会接住。

---

1 老掉牙的桥段。
2 以故作低俗的方式搞笑。

小
芝

如果是命中注定，

应该不会那么难遇见。

遇见之后也不应该有那么多困难。

从认识小芝开始我就直觉我们之间一定有什么不对劲，后来终于知道是怎么一回事。但我一直不知道要怎么跟人家说小芝和我的故事，因为我知道只要一说我们的关系，就会得到一句：哎哟你们好乱哦，或，你们好复杂哦。

真的吗？我们真的有那么乱、那么复杂吗？我不觉得。因此，我打算从最单纯的部分说起，关于小芝和我的共同点。

我们都喜欢手长得很好看的男生。手指平滑纤长、指甲平整干净，拿笔或拿酒杯，或只是双手交叠放在大腿上，都有一种优雅的弧线。我们都觉得手好看比其他地方好看重要。

"用好看的手挖鼻孔，都比用肥短肮脏的手翻诗集还有气质。"我说。

"是不是！就是这样！"小芝回应。

我们偶尔约了在咖啡馆交换近况，就是交换最近搜集到的好看的手（们）。名为交换、分享，却彼此暗暗感觉到，是较劲、比赛。

总是小芝赢。她赢的不是数量，而是质量。在我偷瞄着捷运上滑手机的青少年的手、书店文青店员结账的手、修车厂的黑手、调酒潜水或瑜伽好手，小芝总是与她搜集到的手的主人们交换电话并约会。

客观地说，小芝并不算太聪明，也没什么幽默感。她人如其表，表如其职业。长直黑发、无框眼镜、中学英文老师，我敢说，她现在穿去教书的衣服很多都还是她妈买的。

她最常讲的话就是："是不是！就是这样！"要让她说出这句话并不难。跟她说话时我会努力地表现幽默睿智，跟她见面时我也刻意穿得性感又脱俗，虽然这两件事对我来讲本来就不难。我这么做，让她感觉我重视她、喜欢她、期待和她见面，但对我来说，好像只为表现一件事。

那就是：我，比、你、强。

但她的语言能力比我强上许多，这一点，老实说，我心悦诚服。她很有天分，也很努力，英文可以与老英老美对答如流不说，还精通日语、法语、西班牙语。她与我聊天时会不时跳出个外文单词，然后像在教学生一样，翻译中文意思，解释该国人会在什么情境使用这个词。她也总是把这些外国字镶嵌得刚刚好，不让我感觉到她有一丝卖弄。但其实她是。

仔细观察，朋友或恋人之间，经常存在强弱。强的那方主宰所有事，专制同时也有一种我给你靠的气魄；弱的那方，自然而然成为小乖乖或俗辣[1]。但是，若有一方不甘愿了，关系就保不住了。小芝和我的强度好像就这样刚刚好，所以可以一次又一次地喝咖啡。噢对了，她也不喝咖啡，不抽烟不喝酒，我们坐在咖啡馆时，她多半喝的是果汁，顶多奶茶。然后我会低头看一下她今天又穿一双新的阿嬷凉鞋是怎样。

我们的关系，简单说，朋友。一个中学英文老师与一个戏剧系讲师成为朋友，没什么戏剧性，也不乱不复杂。我到他们学校的教师研习营做了一场讲座，小芝自告奋勇，把几篇英文延伸阅读文章翻译成中文，我很感谢她。她把书还我，我请她喝咖啡。她分享暑假欧游见闻，说从戴高乐机场到巴黎市区的火车上就跟一墨西哥小弟你侬我侬，到德国还被一位博物馆遇到的鳏夫老教授请去家里吃烛光晚餐，当然该做的都做了。反观看似腿比较开的我每次旅行天一黑就孤零零拎着超市食物回旅馆是怎样？我开始对看似保守封闭平静无波的中学教职界刮目相看。

所以，我们这以"你最近看到了什么好看的手吗？"为开场白的常态约会就开始了。虽然我知道，朋友嘛，来来去去，亲亲疏疏。一阵子你跟甲要好，一起逛街吃饭看表演做指甲，一阵子又淡了，变成跟乙熟，听心灵讲座上烹饪课找水晶神婆看前世今生，一阵子乙又不见了。但我从没想过，和小芝的友情会这样终结。

一如往常，小芝报告她又得到了新对象，是她学校新调来的训育组长。他主修地球科学，却向她借了一本英文小说，午休时间在办公室读着，还一边在喜爱的句子上画线。

"你想象哦，一双好漂亮好干净的手，拿着尺和荧光笔，一丝不苟地画线，你会怎样?!"

我说我会尖叫。

"是不是！就是这样！"

我说小芝你误会了，我尖叫的原因是，书怎么可以画线呢？而且还是跟别人借的呢。

小芝努努嘴。我只好再补充，当然啦，重点是你喜不喜欢那个人，如果你喜欢他，当然无所谓，如果不喜欢，一定会叫他买一本赔你吧。小芝满意地点点头。

接着，小芝巨细靡遗说了他们约会到上床的过程：画线男开车载她从阳明山到金山再到北海岸，两人在车上从童年聊到现在，虽然是各自的流水账编年史也觉得好有趣，到了淡水，画线男把车停在便利商店门口，下去做了三件事：领钱、买安全套、买牙膏牙刷。上车后慢条斯理把交易明细表折好，放进车上置物箱，把安全套放口袋，把两套牙刷组交给小芝，温柔地说了一句："旅馆的不好用，怕你用不惯。"（我插嘴："他是指安全套还是牙刷？"小芝笑着打我。）

他们一周去开一次房间，大部分是周间，小芝开始换用较大的包包，把换洗衣物带去学校。有时一早升旗典礼，看画线男在台上雄赳赳地整队，都觉得恍如隔世，那是刚刚与我翻云覆雨的情人吗？但越是这样，就越刺激。

"为什么听起来像偷情呢？也是为了比较刺激吗？"我问。

小芝顿了一下，说："不可以对我做道德判断，我才要说。"我点点头，答案昭然若揭，"他有老婆和小孩。"宾果²。

但小芝接下来的话，却狠狠踩了我一脚。"而且他老婆得了癌症末期，现在住在医院，请24小时看护照顾。他老婆娘家很有钱，医药费都是娘家出，在读幼儿园的小孩也让娘家接走了。"

所以，意思是，这位人夫人父，从此放大假了？还有闲情逸致在跟别人借来的原文小说上画线？我要小芝冷静客观想清楚，这男的第一在纾解压力，第二在找备胎。有时我们意乱情迷深陷其中，可是跳出来看，就会发现一切只是偶然。我刚回台湾时在南部一所四周都是菠萝田的私立专校教书，学校一个热心的、在体育课教土风舞的欧巴桑老师，介绍我跟菠萝田另一头的铁工厂小开认识。欧巴桑老师说，人家也是大学的机械硕士哦。因此，我和这位笃实小开在小镇街上唯一的咖啡座聊了天，我没什么感觉，但那天晚上，我竟然睡不着了！翻来覆去，胡思乱想，还把我与他未来的两个小孩名字都想好了。但我突然一想，不对！是因为下午和他见面时，喝的那杯85度C！是咖啡让我失眠了！这么一转念之后，我睡着了。下一次见面，我点了草本纾压茶，果然睡得很好，跟他也就没下文了。

所以小芝，你有没有想过，如果他太太不是卧病在床，他还会不会让这一切发生？或是，如果他太太吃了什么丹药或做了什么能量治疗，突然一夜痊愈了，你怎么办？

小芝像是吃了什么丹药一样，把像是她准备了几辈子的对白，一字一字慢慢说出来："如果是命中注定，应该不会那么难遇见。遇见之后也不应该有那么多困难。如果真的是那个人，应该是他把手伸出来，你把手搭上去那么单纯。结合的那瞬间，所有荆棘会自动消失，没有什么好克服、经营、磨合的。"

所以，这位男士经过有如上帝主宰的中学教职员请调系统，自动送到你面前，然后又因为你们一见钟情，他的老婆小孩活该蒸发。是这样吗？

"人不是我杀的。"我以为小芝这时应该说出这句，但她嘴巴里吐出来的，却是：干、你、什、么、事？

哦对，干我什么事？我还在那斤斤计较咖啡因含量多寡，人家可是面临着生死挣扎。我把自己那杯咖啡钱，两张百元钞票，掏出来放在桌上，然后提起包包走掉，离开了小芝的公主袖雪纺洋装、名媛水钻凉鞋、桃红色仿皮菱纹仕女包，没有回头。

如果她那句话是为了让我闭嘴，那我可以消失得更彻底。

我曾经跟小芝说，因为跟过太多神经病在一起，现在我会要求百分之百无状况。例如，点一杯热拿铁会问人家用什么牛奶的男生，有病一定没看医生，没病一定难搞，速战速决。难道我是嫉妒小芝，她遇见一个状况这么多的人，但老天却一样一样帮她斩除？

她没有道歉，我没有道歉。我想是因为我们都不知道是谁该跟谁道歉。我们就这样断了联系。难道我没有一点点八卦的心态，想知道后来他们怎么了吗？老实说，真的，没什么兴趣。

我一直不是那么八卦的人，总是八卦找上我。

在那之后半年或是一年，有一天，我收到一封寄件人署名为Queen的群组信。主旨为：关于庄福全。

Queen开门见山，说她是庄福全现任女友，他们正在筹备婚礼。因此，在脸书的感情状态上插旗放闪还不够，她要求庄把历任女友的email都交出来，她必须向这些姐姐宣示主权。"不论你们过去如何，都是过去了。他现在是我的了，他保证对我百分之百忠诚。"

庄福全，我交往过的神经病之一，十年前读研究所时的男朋友，在一起九个月，有次吵架他在大街上对我飙脏话，我回家后马上把他所有东西装箱寄回，从此干干净净。

收件人字段有一长串代号姓名及其电子邮件，说忘记用密件抄送的人几乎全部都是假迷糊真耍心机，名单外流再喊无辜冤枉不是故意，Queen小姐摆明她就是故意。我看到自己的名字：施文蕙，在这一长串系谱中，想起一大堆关于前女友、前任、前度、EX命名的电影和网络奇谈。

在喜宴上请了前男友与前女友桌，来者相互敬酒调侃，称学长学弟学姐学妹，笑谈是第几届，几年开始几年毕业；另一种情节是，开始呼巴掌、扯头发，最后惺惺相惜，唉新郎新娘终究不是我们。或是老婆小三一同抓奸在望远镜里看到在沙滩上晃奶奔跑的童颜巨乳小四，惊呼哎哟她可拉高了我们这团体的平均分数。

这些都是好莱坞。

真实世界存在的版本，总是脸书谁tag了谁，以致奸情或前情败露，或是像这样，突然弹出一封没头没脑的群组信，就让人难堪难受（我鼓励我学生，要用"度烂"）一整天，完全不亚于所有呼巴掌、扯头发的场面。

我们这团体。哼呵，我不知道庄福全怎么编列，或怎么分组。在我与他在一起的九个月里，我知道他每个女朋友交往都不超过一年，而分手原因大多是他喜欢上下一个。

邮件软件收拢好的同一主旨邮件里，有几封email错误或停用弹回的通知信，上帝果然眷顾这些勤换email的女士。我真希望我是其中之一。

虚拟世界的情绪就用虚拟的方式解决，delete。关上计算机，出门跑步、做热瑜伽或吃大餐，用一种面对踩到狗屎的态度，把鞋擦干净，让生活继续。

然而，好戏在后头。

在这庄福全前女友之女子团体中，有一人按了全部回复，写了一大篇当初他们如何相识、相爱到男方劈腿，后面是嚚婆[3]谩骂。Queen自然又回信，不甘示弱回击一番，附件是她与庄福全在海滩的恩爱照。长得怎样？大家都想问，对吧。墨镜那么大，什么都看不到，比基尼那么小，却什么都遮住了。倒是庄，他妈的，他是健身回春了吗？在大家都开始崩坏的前中年，他一定用路跑或皮拉提斯巩固住了什么，也终结了浪子生活。但我不懂的是，交出所有前女友的email以示忠诚，你至于吗，庄？

这隔空骂来骂去的邮件，已经如PTT恨版[4]的回文推文，也像团购登记的群组回信，我不知道她们要互骂到何时，每次看完只浮现六个字：有病要看医生。

有一位说庄有情绪障碍，他们有次带小狗去湖边散步，两人突然吵了起来，庄竟然把他们的玛尔济斯抓起来丢进水里，女的大哭大叫，喊破喉咙（这不是一个网络笑话吗？），旁边钓鱼的好心阿伯才拿网子把湿淋淋的小狗捞起。这个女的写道："如果哪天你们有了小孩，你就等着看庄福全把他淹死吧！"

另一位说庄会常常失控，是因为他其实吸食强力胶，一开始一小条，后来要买一大桶。她明白指出，如果庄还住在永春站后面那个四楼公寓（天哪大家都好熟）的话，可以去后阳台把洗衣机搬开，他一向把强力胶藏在那儿。

但接着，有位师姐挺身而出了。她说她被庄伤得遍体鳞伤（她也真的用这四个字），他们是青梅竹马，后来意外久别重逢，她放弃一切跟着庄去昆山（什么地方？），这位阿姐带学生去毕业旅行（哦原来是老师）三天回来，发现垃圾桶里有用过的安全套，阿姐抓狂，庄竟辩称，是楼上用完丢下来掉在他们阳台上，他去捡起来。（以庄的暴戾扭曲性格应该是拿把冲锋枪上楼把那人一枪毙了再把套子塞他嘴里吧。）他们分手了，阿姐去看心理医生，经过好漫长的重建之路，才和现在的老公交往。现在他们夫妻俩都是环保志工，她在做矿泉水瓶回收之中学会感恩惜福，也一点一滴地对庄宽恕，好多次念完经都回向给他，她欣喜庄果然接收到了。她奉劝女孩们放下怨怼，别再互相攻击。

哦我们现在是什么团体了。

我想到不久前在网络上看到的转帖文章。一辆巴士在荒郊野外被抢匪拦下，匪徒拿着刀要每个乘客交出现金，抢完钱，见女司机年轻貌美，把她拖下车，拖进草丛里轮奸。一个正义男子冲下去了，当然，人没救成，还被打得满地找牙。一车的人，全都挤到了窗边，屏息张望，闷不吭声，听着女司机的哀号，看着若隐若现的肉。

歹徒离去，女司机披头散发从树丛中拉好裤子，再次上车，坐上驾驶座，车上二三十人更是装作没事，看窗外、拨头发、手指绕圈圈。女司机站起，把正义男子的行囊丢下车，不让他上车，浑身是伤的男子不解："刚刚只有我下去救你呢！"女司机把车门一关，车开走了。

读到这里的时候，我还以为，对女司机来说，近距离看见她被玷污，比隔着草坡与车窗更加羞辱，所以她宁可狠心弃绝。那么，她与其他人，就可以继续装作什么都没发生，直达目的地。

但我错了。故事往下，女司机载着一车的乘客，到了山崖边，不刹车也不转弯，用力踩了油门，与一车冷眼旁观者同归于尽。原本自认倒霉的正义男子，成了这辆巴士的唯一存活者。

这故事不知真假，亦不知年代（但一定不是智能手机年代，不然应该会疯传短片），但我突然觉得我和这些email信箱的主人，就像一同被装载进这辆巴士里。这群组大约有二十人，但回信杀来杀去的就那三四个，其他人，包括我，是沉稳淡定，或者是爱看热闹又怕死的俗辣？（我承认我把这群组设为垃圾邮件后，又忍不住偷偷去垃圾邮件查看有没有最新发展。）而我们这一车的人，如果报应亦是惨死断崖，那会是什么？就像是艺人或玩咖[5]披露给八卦杂志或上传至网络的不雅照性爱硬盘？

那并不是躺着也中枪，而是一开始就不该躺在那里。

诚实，永远是明哲保身的最佳方法。我应该回一封信，对Queen说，有什么问题你找你未婚夫去，不要冲着我们任何之一来，女人何苦为难女人。对庄福全（对，应该也把他拉上车）说：庄，你是个恶名昭彰的烂机机，但你就要获得幸福了。我祝福你。真的。

（噢，烂机机是最近我学生教我的新名词，我鼓励他们不要害怕，写台词时完全使用他们现在用的语言，结果毕业公演一讲到烂机机就全场高潮，掌声雷动，效果非常好。）

我们那时是真正快乐过的，对吧？

虽然在一起的时间只有九个月，但你每天晚上，十点或十一点，一定用你家电话打我租屋的电话，两个人聊一小时两小时，尤其我准备推甄⁶研究所那段时间，每天晚上你不厌其烦地和我模拟口试，你说见了面就不要讲这些严肃话题，见了面我就带你去玩耍。你是真的懂我的。考试前一晚你还带我去吃永康街芒果冰，说：你看我都不问你书读完了没，带你吃冰就是帮你加油。

每周有两天一夜，我们在一起。碰了面先去看个电影吃个饭，很多很多的散步，逛24小时书店，两个人都抱一大摞书，每次都是你帮我结的账。去24小时顶好买两根棒冰在路边吃，回到你家你调玛格丽特给我喝。

我那时好爱去你家。三房两厅的简单老公寓。我刚从六人一室女生宿舍搬到与同学分租的雅房。那是我第一次知道不用排队洗澡、不穿衣服在家走来走去有多自在。

你开始不太回家时，仍然每天和我通电话。只是，噢，我侦探小说读太多，很快就发现不一样。你的声音，从手机与从室内电话传出来的，不太一样。我拨给你，你把家里电话转接到手机，接通时有个细微的停顿，跟平常不太一样。

　　我当然可以当作没事，但我戳破了。（是因为我也不想再继续？）

　　那时是二〇〇三年夏天，SARS。我们见面由一周一次改成两周一次。因为你说出门都要戴口罩好讨厌。我当然知道这不是主因。有次回到你家，满屋尘埃，我知道从上次我来到这次我来，这中间你也没有回来过。这幻影之屋，好像只是为了我会来，所以赶快在台北市一堆红蓝铁皮屋顶的公寓群中出现一下。

　　你拧着抹布擦桌擦地，我说：其实你已经没有住在这里了吧。你倒也干脆，直接说了。你把到一个领了大笔赡养费的离婚妇女，住在有警卫有中庭花园的豪华小区，家里没有一点灰尘，所有家具都好新，浴室就像五星级饭店一样，你已经搬到她家去住。

　　我把东西收一收，走到马路上，准备去坐公交车。你追了上来，拉着我的手，我甩开。你突然咆哮，我操你他妈的逼，为什么我们两个人之间都要照你的剧本演，不合你的意你就不开心！

我才知道，你一直在演。

庄，你是个烂机机，但你就要获得幸福了。我祝福你。真的。

施文蕙 上

我写好了。但我没寄。写出来之后，就不用寄了。

好像我已经知道自己在想什么，所以那些八卦的、恩爱的、恶毒的、喊破喉咙的、遍体鳞伤的，都刺激不了我。（至于给Queen的，我想就不用写了。主要原因是女人何苦为难女人这种句子我实在写不下去。）然而，并不是每个人想法都跟我一样。是的，另一位原本闷不吭声的冷眼旁观者回信了。而她的信让我头皮发麻。

如果是命中注定，应该不会那么难遇见。遇见之后也不应该有那么多困难。如果真的是那个人，应该是他把手伸出来，你把手搭上去那么单纯。结合的那瞬间，所有荆棘会自动消失，没有什么好克服、经营、磨合的。

女士们，放轻松点吧。

寄件人：GF。grace_feng@×××.×××。葛瑞丝·冯。冯美芝。小芝。这是她的另一个，我不知道的信箱。

我努力告诉自己，一切只是偶然。但这几乎是早就写好的剧本，早就反复背诵的台词，让我无法不去猜测，小芝，是从一开始就知道，所以当我命中注定地到她学校讲课时，她主动过来接近我？或是在她收到 Queen 的第一封信时，早就看到我的名字与 email，所以她计划着要如何让我认出她？或是，她到现在都还不知道我也在名单中，再说世界上有好多施文蕙，而她没去比对email？

我终于知道，认识小芝之后，在她身上感觉到的那种不对劲是什么。好比我去邮局被白目女插队，去洗头被激动妹把水冲进耳朵，我都会想，我前世踩断过你鞋跟吧，我偷过你家水果摊上的一颗大梨吧。法国小说家维勒贝克的《情色度假村》里，男主角的老爸跟北非女佣搞上了，因而被这年轻女孩的哥哥打爆头。再次见到这女佣时，维勒贝克写道："她熟识我父亲的性器，这让我们之间产生了有点不太适当的亲近。"

是，小芝和我之间，就是那种不太适当的亲近。只因我们曾经熟识同一支性器。我们的关系，简单说，朋友。但小芝和我这对"朋友"，朋友这两字的完全展开，却是一个问句：一枚烂机机的前后任女友，到底有没有可能成为好朋友？

我可以继续装死，让时间把镜头拉远，远到这整件事变成只是一粒沙。但我有小芝的电话、email 与 LINE，我们见过面说过话，不是电子信箱背后的虚拟人，我可以把事情弄清楚。我发了 LINE 给她："我觉得我们需要碰面谈谈。"

我们约在同一家咖啡馆。我们连寒暄都省，她直接说了："庄福全是为了你跟我分手。"我想我不需道歉，他

妈的这些女人为什么都不冲着死男人去就好，可是，对，
我不会说我躺着也中枪，而是我一开始就不该躺在那里，
庄福全的温馨公寓的柔软大床上。

所以十年后，当小芝在研习师资上看到我的名字时，
后面的"友情"，自然而然发生了。她收到Queen的信
时，想过要不要跟我私下联络，但最终作罢。因为她不
知道应该装成什么都不知道，还是在那时就跟我摊牌。

好，如果故事是另一个版本，研习结束，小芝走过
来，并不是说要帮忙翻译文章，而是伸出手，说："施老
师你好，我是庄福全的前前前前前……女友，他是为了
你跟我分手。"我应该也会觉得你这个老师比较好。

"那么，那段话，什么命中注定的，是什么意思？"
我百分之百确定，小芝绝对是有意的。

"你真的不知道？"现在变成她觉得我在故意。

我摇摇头，眼睛没眨一下。

"那是庄福全和我分手时说的。"她顿了一下，"他
说，是你写给他的。他很感动。"

我倒抽了一口气，再次坚定地摇摇头，但这次的摇头却不是否定，"我不记得了。就算我写过，我也忘记了。我几乎忘记跟他在一起发生过的所有事了。"

若我真的写过那段话，现在的版本应该是：如果遇见的人是错的，要忘记也没什么困难。

我还是很礼貌地，问了小芝近况。（谢谢，这次她没说，干你什么事？）她情人的妻子在我们上一次见面之后三个月就过世了。她现在与他及他女儿住在一起，五岁的小女生开始学着叫她妈妈。

我们仍旧揣摩着彼此之间那种不适当的亲近。包括我还故作轻松失言一次："庄福全的手，一点都不好看啊。"小芝没笑。以至于，我也无法很八婆地八卦：他真的吸过强力胶、淹过小狗吗？！哎哟我的天哪还楼上丢下来的套子咧！（姐姐，我早说了，那些都是好莱坞。）

分开时，我很慎重地，跟她说："小芝，因为我无法说我没有一点错，所以让你决定。我们还是朋友吗？"

她说是。

但时间证明，不是。

我们只能选择，让时间把镜头拉远，远到这整件事变成只是一粒沙。

---

1 胆小怕事的无用之人。
2 回答正确。
3 疯婆子。
4 台湾年轻人的网络留言板，可匿名抒发怨恨之事。
5 热衷于男女情感游戏的人。
6 推荐甄试入学，有别于考试入学。

周
期

她终其一生的救赎与依归，

仍是这对女儿。

1　品崔与洁西

她们要品崔过来叫我妈妈。

品崔四岁，毫不忸怩，咧开嘴笑、玩游戏似的，对我大喊一声，马迷，尾音故意拖长，小孩这时通常会张开双臂，朝着这个被叫马迷的人奔跑。但品崔没有，随即抓紧她新妈妈的衣摆。印度尼西亚新妈妈，像个洁西卡·阿尔芭，古铜色肌，翘臀，卷卷头。品崔像她比像我多，只差没叫她妈，而是直呼其名：洁西，尾音也拖得长长。一大一小，跳舞似的，一个漂亮的转身，旋进屋子里去。

院子只剩下她们和我。三个已老及半老的女人看着大女生与小女生曼妙的身姿消失在门后。

她们，是我妈与我妹。

你看吧，品崔只认你是妈。先说话的是我妈。

因为她长得像洁西卡·阿尔芭就可以叫洁西吗？我问我妹。

少乱想，谁还记得洁西卡·阿尔芭?！我妹回答。

大余怎么不跟她再生一个，把她屁股弄大？我开始粗言粗语，不像个妈。

我妈与我妹同时感到讶异又惊喜，她们一直回避着的名字，我拉肚子似的，就讲出来了。大余，我的丈夫，品崔的爸，我不知道品崔怎么叫他，爹地或爸比，尾音有没有拉长。

你愿意叫他名字了哦？这次我妹先开口，小心地问。

你别逼你姐！大余也是不得已，品崔要人带啊，人家娶个印度尼西亚的已经算有情有义了。我妈趁势补充，像是要为交代这四年的故事大纲，先起个头。我没理她。

治疗师不是说，我学会对创伤原谅与释怀，你们才可以领我出来吗？我回答我妹。

四年前，我在医院生下品崔。隔天我换好衣服，抱着品崔，自己开车回家。车是我在医院地下停车场抢来的。据她们后来说，我用水果刀刺了正要开车的男的一刀，刀还插在那男的肚子上，我开了车就走。但我全忘了。

我回到家，一进门跟我妈大声嚷嚷，什么烂医院，怎么连包也不包一下，像抱小狗一样让我抱回家。据她们后来说，我妈吓得把本来要带去医院给我吃的一锅麻油鸡当场打翻，大腿以下全部二度烫伤。

再说说看，你还记得什么？我妹继续探问。

不要逼你姐！我妈声音转为啜泣。因为我正慢慢拉起她印度尼西亚大妈式的热带花布长洋装家居服，小腿以上，烫疤处处，等高线般的圈圈烙在肉上。我轻轻摸着，没什么情绪，像是要判读所在之地是鞍部还是棱线。

都过去了，都没事了。能够遗忘是好事啊。我妈泣不成声。

我的头痛药呢？我坐在地上问我妹。

我妹手忙脚乱翻包包。我这才看见她今天为了接我出院，穿了套装和高跟鞋，上了美容院，盘起了头发，喷了定型液，乌黑油亮，湿润有型。看上去，还真像个要参加喜宴的阿姨。

而我一身迷彩野人打扮。

不像个妈。

2　艾凝娇与周文官

我没见过我的外公。不过我想他应该是个天才，能够在那么远古的年代把自己的独生女取一个听起来像女性阴道润滑剂的名字。艾凝娇，我妈。

可惜艾凝娇这个名字没为她招来多少蜜蜂引来多少蝴蝶。艾凝娇二十岁就嫁给大她二十岁的周文官。这种故事很多。艾凝娇高职毕业通过关说[1]当了乡立图书馆馆员，周文官的学弟要和一个女的约会，学弟找了周文官做伴，那女的找了艾凝娇做伴，最后那对男女没在一起，两个不知道跟来干吗的人，反而在一起了。

两个不知道自己在干吗的人，在一起了。这句好像也可以拿来当作大余和我的开头，不过这留到后面再说。

以艾凝娇无聊沉闷的个性，当她被周文官带到另一张桌子时，她一定不断重复着，我真的不知道我来干吗。周文官大概有点本事，可能是拿出手帕变魔术之类的，让艾凝娇很快就决定嫁给他。

他们生了两个女儿，取名为周期与周盼。后来，艾凝娇母女三人才知道，取这双名字，是因为周文官期盼着回到哪个地方去。他的期盼在周期上中学那年成真了，从此没有回来。

这种故事也很多。

这里值得一提的，是周期这个名字。对，就是我。在赋予我这个名字的我爸消失得无影无踪时，健康教育课也正好把这个名字教给我，以及我的同班同学，在那种难为情的青春期，只要课堂考卷对答，说到生理周期四字，大家就会转过头看我，窃窃私语。

　　主修数学的班导师大概也对于叫我的名字感到尴尬与困扰，便跟全班同学微言大义一番：周期指的是一段固定的时间，不一定是女生的那个来，像是地球自转一圈的时间也叫作周期，或者是说，你们回爷爷奶奶家间隔的时间，也叫作周期。我们经常说频率频率，周期，就是频率的倒数。

　　天啊，真难。我宁可我爸帮我取一个润滑剂的名字。

　　不公平的是，我妹就没这种困扰。十多年后，周盼步出师范大学校门，顺利进入一所男子高中当语文老师。那时，她没征询我妈与我的同意，就自己去改了名字，在名字后面多加个盼字，变成周盼盼。从此一堆男学生直接叫她盼盼，叫得她每天花枝乱颤，都可以不用恋爱结婚了。

　　真是个叛徒。

　　我爸消失后不久，我妈开始在图书馆借很多励志书，书名诸如"女人要有自信""一个人也可以很快活"这类句型，她不知道在哪本里看到一句话，撕了日历纸，抄写在背面：婚姻再狗屁我都要永远记住我最快乐的事。作为她此后人生的座右铭。

但是，问题来了。艾凝娇最快乐的事是什么呢？那阵子，她去学了蛋糕烘焙、拼布裁缝、民俗舞蹈与经络推拿，最后发现她终其一生的救赎与依归，仍是这对女儿。

周期与周盼。

3　Soto Ayam 印度尼西亚鸡汤河粉

我醒来时，我妈和我妹正低头吃面。我躺在最长的一张沙发，腰上裹着薄被，长茶几紧挨着我，好像怕我滚下来。

从生那个病开始，我醒来时的样子，永远不是我记得入睡时的样子。

她们各据茶几一边，被泡面的香味笼罩着。我闻到柠檬、香菜混着人工高汤的味道。

Soto Ayam，我说。我妹从桌下捡起两个泡面塑料袋，上面大大的字，Soto Ayam。哇，你真的很厉害呢，不愧是大厨师，一闻就知道。周盼盼从来不吝惜赞美别人，尤其是对她唯一的姐姐。

你也吃一碗吧？我妈说着，打开一包印度尼西亚冲泡河粉，哗啦啦撒下鸡粉调味包，注入热水。在碗里铺上切好的水煮蛋、鸡丝、西红柿丁、香菜末，挤上几滴柠檬汁。

我不知道她们现在吃泡面这么讲究。我妹指指天花板，说，楼上。楼上拿下来的。楼上，指的是大余、洁西和品崔那个家。真酷。我爸就只留了这个房子给我们，两层楼公寓，一层楼不过三十多平方米，现在，又隔开，成了两个家。

用品崔的称谓来区分好了，楼上，住着爸爸、新妈妈和我，楼下，住着外婆和阿姨。而现在，楼下又多了个马迷。不知所措的马迷。

我看着天花板想象，原本这边正上方是我和大余的房间，现在，变成客厅和餐厅了吗？而楼梯间和浴室的后面，原本是我妹的房间，现在，变成他们一家三口的房间吗？楼上没有厨房，洁西就架个电磁炉，在客厅煮水煮蛋、烫鸡胸肉，摆块砧板切西红柿、香菜和柠檬，然后放在托盘端到楼下来吗？

楼梯口的门是后来加的，就堵在楼梯转弯处。连楼梯都楼上楼下各一半，我妈真大公无私。我发现我的胸口堵着一块铅。

楼上都是书。大余给品崔买的，你以前那些都没丢，大余又给她买了好多，都是图画书。说话的是大公无私外婆。

周盼补充，对啊对啊，我有次上去，品崔抱着一本书问，马迷呢？马迷在哪里？大余说，去旅行。品崔问，什么是旅行什么是旅行？洁西就赶快翻开另外一本书，上面画着飞机和行李箱，跟品崔说：travelling, Patricia, it's travelling.

一人分饰三角，周盼盼说得可真神采奕奕，尤其学那印度尼西亚腔英文，学得好像。

我笑了，开始吃面。

Patricia，原来她这么叫品崔。

是啊，谁叫你帮你女儿取这名字，好难念。品崔，品崔，我都念好几次才上口，我妈说。你老公说你取的，不准改，余品崔就是余品崔。

你女儿，你老公。真够了。天啊艾凝娇到底是户政事务所还是图书馆的员工。不，她只是把精神疗养院出院手册里的其中一条，作为她此后人生与大女儿对话的最高原则：请随时提醒病人的现实感，例如家人的称谓与关系。

你看，大余都照你说的办，你跟大余说，多买书，他就拼命买。

是啊，最好也是我叫他多打炮他就拼命打。我又像拉肚子一样，说出她们以为的我的创伤。

咔啦。楼梯口的门被打开了。一串拉肚子似的脚步声倾泻而下。是大余，住在楼上长手长脚的大余。

我和小期睡前面吧。大余说。

很好，现在楼下又分成了前面和后面。我妈和我妹飞快收拾好桌子，到后面的卧房去。原来已经凌晨一点了。我隐约听到电视被打开，韩剧独特的中文配音隔墙传出，依然尖锐刺耳。

我缩起脚，继续躺回长沙发，脸朝里面。大余关了灯，挤了上来，从背后紧紧抱住我。他打了个嗝，也是那鸡汤泡面的味道。我感觉到，他身体里也有一块铅，连着我的，现在吸在一起，慢慢地往下沉。

这是出院回家的第一个晚上，我记得入睡时的样子。

4　母女三人的旅行

关于那一场母女三人的旅行，我妈在未来的日子里都没有交代。

下课后，周盼和我还穿着制服，我妈带着我们去坐车，没说去哪儿，拎着一行李袋，说：你们的衣服我都帮你们带了。客运慢慢地翻过一座又一座山，晃得我好饿。我妈从包包里拿出泛着油的公文封，我知道，那里面又是她图书馆下午办讲座或开会剩下来的茶点，周盼说她好喜欢那种带着人工酥油香的牛皮纸味道，可我相反，这只会让我吃饼干的时候觉得像在吃公文。母女三人传着一印着某某县政府的信封，从里面掏着奶酥或咖啡饼干时，车子后方发出巨响，车底像是卡进了什么东西，驾驶赶快下车察看。

是一辆摩托车过弯道失速打滑，连人带车滚进了车底。我们被驱散下车，沿着山路往前走到下一个站牌。警车、救护车呜咽上山，我妈叫我们不要看。搭上下一班车，穿出山路，在一条热闹的街停靠客运总站。客运站的站务员是四十多岁的男人，显得极热心，问我们去哪里。我妈回答，我才知道原来我们有明确目的地：去宜兰换车到梨山。站务员说已经没车了，赶快带小孩去找家旅馆休息，还没吃饭吧？他说可以坐明天早上八点半的车还介绍了便宜的旅馆。

我觉得站务员热心过头，就一直横隔在他和我妈中间，用不带善意的眼神紧紧揪着他，像用眼神勒住他的白衬衫蓝领带，怕稍不注意，他就会对我妈露出调情的线索。

我们到旅馆卸下行李，三人房里有一张小床一张大床，我睡小床，我妈和我妹睡大床，好像从来都不用沟通，就是如此。旅馆窄小的大厅有一排塑料板凳，坐着一排浓妆艳抹的中年妇女。我妈也只说了三个字：不要看。

我们下楼，找了家面摊吃晚餐。三碗阳春面，没有加卤蛋，没有切小菜。我们去梨山做什么呢？我忍不住问我妈。去找你爸的朋友，他要去大陆，我要请他带东西给你爸。为什么不能用寄的呢？不好。那他们要去坐飞机会经过台北吧？我们可以那时候拿给他啊。不好。不礼貌。

那时距离我爸去大陆探亲就不再回来刚好一年。那一年内我妈常要我们画图写信，大约每个月累积成一大袋一次寄去大陆，但我爸从来没回信。

顺便带你们去玩玩，不好吗？我妈反问。不好，我心想，但我没说出口。我想我是在跟这过于阳春的晚餐怄气。

但我们没去成梨山。因为那个晚上，我生病了。

就我妈的说法是，半夜她被一阵寒风吹醒，睁眼，发现房门竟然开着，而我已不在单人床上。她匆匆穿好衣服，确认周盼睡得很熟，把门锁上，冲出去找我。我不在走廊，我妈紧张死了，下到一楼，小旅馆无人值班，而玻璃门半敞开着。我妈说她从来没有那么害怕过，外头好黑，她只走了一小段路，四周看不到我就回头，用柜台电话报警，也打了老板贴在玻璃门上的紧急电话。大家拿着手电筒合力找寻，这个从没有离家出走或逃跑记录的初二女生。

二十分钟后我就被找到了，我睡在客运站的长凳，被叫醒时迷迷糊糊，赤着脚。众人安慰我妈：是小孩做梦梦游啦，可能是白天玩得太开心，或是最近学校压力太大，没事就好。我妈问我为什么跑出来，是不是梦到什么？我什么都不记得。

我们又一起回到旅馆房间睡了。这次，我妈把单人床并过来，把我夹在她和周盼中间。我妈说她完全没睡，而我一夜好眠。

天亮，我们退了房，就回台北了。我后来才知道，我妈害怕在我消失的二十分钟内，可能已经被强暴了，所以急着带我回台北去医院检查，确认我完好无缺。过几天她请同事介绍厉害的庙，又带我去压惊，我觉得她应该比我更需要。

一个老婆婆用我的衣服包住装着米的碗，在我身上挥挥画画，像要将什么凶恶之物吸附出来，最后打开衣服，依浮出的米相判断，是交通上受惊。我们想起那天卡在公交车里的摩托车，尽管我坚称我不怎么害怕啊，老婆婆还是开了符水，要我妈让我连喝三天。老婆婆帮我们看了手相，说我会结婚生子，说周盼责任太重，不会嫁，才读小学五年级的周盼哇的一声哭了起来。老婆婆最后很慎重地对我说：你不要想到什么就说什么，因为你说的话很可能会成真。

那晚睡前，周盼很害怕地告诉我：你记得那天下公交车在路上走着时你说了什么吗？我不记得。周盼说，你跟我说：我觉得那个人已经死了。我捂着嘴巴恍然大悟，所以你的意思是那个人可能本来没有死，被我一说才死掉，所以他要来找我吗？

我吓得好几天不敢睡觉，最后才跟我妈说。我妈又去找了那老婆婆，雇了辆出租车，母女三人和这个慈眉善目的道教老灵媒一起回到那条山路，烧了冥纸，作了法。老婆婆要我对着西边斟三杯酒跪拜说忏悔的话，我说我不会说，她说那就说阿弥陀佛。虽然我们一点都不确定那摩托车骑士到底是死是活。

神奇的是，到生品崔之前，我再也没有梦游过。但我妈坚持要我睡在她和周盼中间，一直到我高中毕业。有时候我觉得别扭或拥挤，一个人跑下床去睡地上，醒来时，我的一只脚就被绑在床脚。后来我实在受不了，干脆自己抓着棉被跑去睡沙发，醒来时，长茶几总紧紧贴着我。

我妈终于放心，我可以睡回自己的房间之后，半夜起来上厕所还是会撞到她堵在门口的椅子，手脚经常这儿那儿瘀青。

我妈帮我设下重重关卡，说：这样撞到的时候你才会醒。

有天我妈不在，正好要换煤气，我在她抽屉里找钱时，发现了那个她本来要通过梨山友人带去给我爸的信封，封口没糊上，我忍不住好奇，打了开来，是一式两份的离婚协议书。

所以我的突发性梦游症是为了保住我爸妈这有名无实的婚姻？我搞不清楚，但我知道至今艾凝娇身份证上的配偶仍是周文官。而那天我快速把信封恢复原状时，还可以闻到那股牛皮纸被奶油饼干紧紧箍住的怪异油香味。

5　意大利大厨来我家

　　我没有梦游，但在初三时又搞出了另一件事。我一个人跑到客厅躺沙发睡，半夜，我妈和周盼被我的声音吵醒，我呜呜哇哇地大声说着梦话，全是她们听不懂的话，一次说了半小时，一连三天。跟上次一样，我自己完全不知道发生什么事。第三天我要周盼跟我一起睡，准备好录音机，我一开口她就录下。

　　隔天早上，我们俩一次一次地听。应该是外国话，但不是英语，有些卷舌发音好好笑，我们像在听语言学习录音带一样学着念，一边哈哈大笑。周盼提议带去给她的英文老师听听看。那老师辅修意大利文，还去欧洲流浪过一年。老师斩钉截铁地说，是意大利文，而且，每一段都是菜名。老师带我们坐了好久的公交车去大书店，找到一本意大利原文食谱，翻开，一页页图鉴式各种面的形状、各种酱料的做法，她说，我念的就是这些东西。

是我被意大利大厨的鬼魂附身了吗？这回收惊阿婆没有答案，一样让我喝了符水。我从此没再说意大利梦话。

周盼那时已是品学兼优的好学生，每学期在图书馆借书本数全校第一名。她有天很神秘地带回一本前世今生实录，每篇都是投稿的真人真事，她翻到一篇，西班牙小男孩住在我身体，像医师诊断般地说：我觉得你是属于这种。

文章作者是一个美国少妇，新婚之夜突然不见人影，她老公冲出去时发现她走在安全岛上，她这时才知道，独居那几年为什么明明每晚睡前洗过脚，早上起来脚底都是脏的。有个晚上她坐起来，开始叽里呱啦说着西班牙文，他们询问邻居，得知这屋子的前任房客是一个西班牙家庭，五岁小儿子在泳池溺毙，一家人承受不了伤痛，搬家了。

但这少妇与她丈夫不打算搬家，他们觉得，既然这小男孩不具伤害性，那就好好与他共处。她最后写着：

我有好爱我的老公，夫复何求？他每天晚上都会轻轻地吻着我的太阳穴，大手轻轻在我背后摩挲……后面像是排版错误把黄色小说排进来了。

这什么东西嘛！我丢回给周盼。

你不觉得你从小就对食物很有天分吗？说不定就是意大利厨师在帮你啊！我妹说。她拿起书，念着：身体像房子，本来就会有一任一任的房客。能跟上一任房客好好共处，是我们要学习的智慧。

我白了我妹一眼：那他为什么不去住你家？

但我把整本书偷偷看完了，为的不是那些前世或附身的故事，是为了看那些拼接在后面的情色桥段。每一个离奇的梦游或附身事件，并没有什么驱魔降邪的案例，最后都是因为遇到真爱迎刃而解，修成正果，最后两页都在床上。

我想哪里来这么多奇人异事，作者根本都是同一个人吧。

6　大余与周期

凌晨，楼上与楼下，前面与后面皆安静无声。我必须写出院后的日志，转头看钟，起床：凌晨五点半。大余不让我动，他眼睛没睁开，把腿跨上我的腰，说：再睡一下。我说醒了就不再睡了，他说那我们聊聊天，我们好久没聊天。我没有什么想跟你说，我说。

大余说，那就让他说芒果的故事。那是品崔从三岁到现在每天都要听的故事，昨晚她睡前也还说了一次。

我知道他要说什么。那是我们第一次见面那天。我二十四岁就在一家高级西餐厅当二厨，大余是食材行的送货员。下午休息时段，我坐在餐厅厨房后门外面地上剪脚指甲，货车开进来时，我正剪到左脚最后一根脚趾，一抬头，不小心剪得太深，流血了。大余丢着货与货车不管，一溜烟不见人影。他跑去便利商店帮我买了创可贴。我笑了，我说这儿是厨房，一定随时有急救箱啊。他跑得大汗淋漓，卸货后，我削了一颗冰凉的芒果给他吃。芒果的故事，结束。

品崔听到你剪指甲流血就会咯咯笑不停，大余说。为什么？因为知道她妈是个天兵[2]吗？我问。不是，是因为我告诉她，我从那一刻开始就爱上马迷了。

我不说话，装睡。大余没辙。这是那件事发生后，我们的相处模式。他吃完那颗芒果之后我们开始交往，一年后结婚。大余比我还大八岁，是个无家之人，结婚就像搬家一样简单，没有仪式与宴客，没有公证或登记，他搬进我们家，告诉周围好友说我们是夫妻了，也去了蜜月，但其实没有法律效力。我们好过的，在前面几年，经常开着货车到处露营，三天两夜就绕完一圈台湾。但接着就发生了那件事。

那件事上了社会新闻。原文是这样：

前天深夜一位余姓货车驾驶员与情妇在货车后面嘿咻，货车停在路边，被陈姓男子驾驶的自用小客车撞上，当时正好男上女下，余姓驾驶被撞得飞出去，头部受到猛烈撞击，全身光溜溜的情妇M小姐竟然围了睡袋，把货车门打开，跳下车与陈男理论。陈姓男子表示，他当时是为了躲避一辆蛇行的摩托车，才不慎撞上货车，他愿意负起该负的责任。余姓驾驶员送医后诊断为轻微脑震荡，已无大碍，而他的妻子闻讯赶来时，才知道丈夫劈腿，但余妻不甘示弱地表示："我们以前也那样做过，只是今天刚好不是我。"

我们以前也那样做过，只是今天刚好不是我。对，这句话是我说的，我对那女的说的，大概被医师护士或警察听见，转述给记者，就这样上了报。反正没人知道余妻叫作周期。

我到医院时，那女的坐在大余旁边。他们已经领好药办完手续坐在长椅上，轻松得像只是等我一起去吃消夜。我说完那句话之后，M女竟然没有反应，大余也不说话，我决定整晚都不要再开口。沉默了三分钟，大余说：可以出院了，好饿。

我们在医院后面吃麻辣锅吃到饱，M女，好自然，也一起来了。她一看就知道不是本地人，是嫁过来的印度尼西亚或越南人，不年轻了，看上去还比大余大几岁，但好朴素，应该也不是妓女。我当然知道大余有这种魅力，他的爸爸是英国人，妈妈排湾族，虽然我都没见过，但大余长得就是深轮廓的种马样。

我们三个人没说一句话吃完一顿麻辣锅。第一次水滚，大余涮好牛肉夹到我碗里，我夹还给他，他也就识相地不为M女服务了。吃饱后大余去买单，女的拿了包包，一个还有点品位的藤篮编织大包，眼睛没看我，对我微微欠身表示告辞，就走了。

嘿咻嘿到脑震荡，这比剪指甲剪到流血还天兵一百万倍。那时我便很确定，我和大余是两个不知道自己在干吗的人，在一起了。

我请他去找房子，找到就搬出去。但是，我发现怀孕了。为了肚子里的小孩，让他留下来吧。这句话应该是我妈说的，我被说服了。但我与他分房睡，不看他一眼，不叫他，产检不让他陪。

怀孕期间我才听我妈说，其实她一点都不在意我和大余的婚姻怎么样，她只是觉得，家里有个男人比较好，她把大余当家人了。的确，修马桶、换灯管、清庭院，这些事大余都很勤快，我想这也是为什么我不在的这四年，大余可以继续以房客身份留下来。

你睡着了吗？大余问。我嗯了一声，表示在听。他说，我和洁西从没发生过关系，你记得我跟你说过我在印度尼西亚有亲戚吧？洁西是远亲，算起来是我的侄女，她想来台湾，所以我帮她，她帮我，我不会乱来。我们谈好，等你出来……等你回来，她就可以离开了。

出来，回来。我知道我的家人们也一直回避着将来可能成为家庭创伤的名词，例如周盼说接我出院，而不是说出狱。

我还是被判刑了。法庭上，好多人都出庭帮我作证，我妈去请来心理医师，说我第一次发病是因为遭父亲遗弃，第二次发病是因为被丈夫背叛，都在心里留下不可磨灭的伤痛。法官没被说服，理由是比起社会上其他人受到的打击与伤害，我这实在不算什么。没错，我也认同他。被害人律师说我可能会去校门口泼硫酸，可能会拿着菜刀在我服务的高级餐厅乱挥，我是一颗不定时炸弹。对，我也同意。

我妈说医院不干净，我一定又是生产完身体衰弱，一时倒霉被附身了。比起我这些一时倒霉，我其他时候，都算过得不错，对吧？例如现在，有一个不怕被我砍一刀的男人，抱着我。

可是，品崔舍得让她走吗？她们看起来好像很要好。我的声音不知不觉温柔了，我也不知道为什么。

我让品崔叫她洁西姐姐，之后洁西姐姐还是会常回来找她啊。大余把拔说。

嗯。我的声音有点哽咽，但眼睛很干，流不出泪水。大余从背后伸手摸摸我的脸，那是他以前常做的动作。两个人关了灯在床上闹口角，不说话，他快睡着时会摸摸看我脸上是不是湿湿的，我每次都装睡。

啊，好香。我闻到楼上飘下来一阵浓郁的蛋香，是印度尼西亚传统的千层蛋糕。一条蛋糕里，秘诀无他，扎扎实实三十颗新鲜蛋黄加一盒奶油与一杯糖，一次只倒薄薄一层在烤盘，烤五分钟，拿出来，再上第二层蛋液。如此，一回一回，一直到叠起蛋糕的厚度。

大余知道我爱吃，我知道这是他请洁西为我做的。我闭上眼睛，模拟着洁西做到第几层，烤箱当一声，她戴上手套拿出烤盘，一层烤得金黄油亮，再倒下一层，两层接缝处微微焦化，会透出自然的琥珀光泽……一直到我听到楼梯口的门被打开，蛋糕的香气流泻下来。

是洁西的声音，轻柔而清晰。她对品崔说：拿去楼下给马迷啊，乖。

---

1 走后门，请人说情。
2 迷糊，少根筋。

哆
啦
Ａ
梦

要了解一个家庭有多么多元，

只需要问一句：你们过年怎么过？

A　镜子男

　　开始去接受这个什么鬼疗程完全是我妻子的主意。"我们之间出了很大的问题，你总是只在乎自己！"为了证明自己是能够给予、愿意让步的，我答应为她做一件事，而且会做到最好，不放弃，不中断。于是这个什么鬼咨商师进入了我们的生活，一周一次，一次一小时，一小时花掉我不止一日所得。

　　而咨商师的任务是什么呢？帮我们找出问题，从病灶下手，摘除、修复、重新开始。终于在第七次治疗时，结婚十八年的妻子在我与这个长得有点像哆啦A梦的矮胖男心理师面前，像挖除一个深层黑头粉刺般，毫不羞赧而畅快地说出："做那个事的时候……"

　　（哆啦A梦打断："您是指做爱吗？"妻子点头。"那么请说做爱，不要害怕。"）

"好，做爱的时候，我先生总是喜欢从后面来，而且一定要把我押到梳妆台前，我趴在桌上，他就一直看着镜子里的自己。"

干，这不是很刺激吗？我错了，我得到的处罚，哦不，是处方，是连续七次，和妻子做爱时不准看镜子，不管谁上谁下，谁前谁后，都要尽量保持眼神交会。我为我自己辩解：你去看看统计，结婚十八年有多少男人已经不跟自己老婆做！我已经是模范丈夫了！"你看！老师你看！他又来了！他的自我又来了！"妻子像个小红卫兵对我吹哨子。

很好，做爱需要老师，夫妻相处需要老师，为了增进生活幸福美满需要老师。现在，我站在浴室的连身镜前，把脱得精光的自己从头到脚看一次，没错，我是觉得自己很帅，感谢他妈的全台周周有路跑，让我把身材维持得很好。哔哔哔，不要再只看见自己。治疗果然有效，我身体已内建警示音效。但没有用，我的视线离不开镜子里的自己。

叩叩叩，妻子不断敲门，她已完成她的处方：买一件丈夫意想不到的情趣内衣，洒上新味道的香水。叩叩叩，哔哔哔。我打开门，与她眼神交会，我努力看进她黑眼珠里的那个我，那个小小的我。

B　多拉

我二十三岁时在巴黎立下了人生目标。

那时我为了躲避他的追求，取出所有存款，一个人跑到欧洲旅行。我不是讨厌他，而是，我还不晓得自己想要变成什么样的人。我也不知道为什么这样就要跑去欧洲，反正我那时处在一种，人家问我什么，我都会说不知道的状态。

要吃什么？不知道。头发要不要烫？不知道。咖啡要加牛奶吗？随便。

从阿姆斯特丹到巴黎，看见简单穿件白 T 恤、浅色破牛仔裤、头发随意盘起的女子，就在心里想：我想要变成她。过两天又看见穿着麻布无袖洋装、牵着好可爱的小女孩、挽着一麻袋蔬菜水果的少妇，又想：不不不，这才是我想要的生活。

而就在老佛爷百货对面的露天咖啡座上，我终于看见我心目中的完美形象。我当时好饿，因为我饿了好久，在周围绕了好几圈，却不知道要吃什么，脚已经酸到要断掉。十四欧元的午间特餐薯泥油封鸭送上来时，我狼吞虎咽，但我渐渐放慢速度，因为我想好好不动声色观察她。她已四十好几，穿着露背碎花洋装与平底绕踝凉鞋，叼着烟，翻着一份书稿，专注在上面圈点画记，已至少喝下三杯espresso。

她像是完成了工作，拿手机和朋友聊了五分钟左右，好率性地往后一靠，拨头发，太有魅力了！我看着她那略布雀斑的白种人的背离开网状铁椅，不妙！不过才几秒钟，她的背留下了铁椅的蜂巢状压纹，而且十几二十

分钟过去，皮肤都没有回来。尽管品位不凡，身材维持
秾纤合度，皮肤已离弃了她，进入松弛无弹性的后中年。

我突然急切地想念他，他从不说甜言蜜语，但在我
们第一次发生关系时，他摸着全身赤裸的我，说："如果
有一天你比我先走，答应我，把你的皮肤捐给我，我要
用来做一张沙发。"我当时想，老头，你已经五十岁了，
我要比你早挂，这概率很小呢。

但在巴黎阳光灿烂的户外铁椅咖啡座上，想起他这
句话，竟让我全身都起鸡皮疙瘩，我用手掌来回在手臂
小腿上抚了抚，很好，皮肤很快恢复平滑润泽。我立下
了人生目标：一，我永远都不会让铁椅在我全身任何一
寸肌肤留下压痕。二，我要嫁给他。

回到旅馆，打了越洋电话，对着这个年纪比我老爸
还大，而身高只到我耳朵的老头哭哭啼啼，说我好害怕。
他马上飞来接我。我们结婚，至今十多年，我不用工作，
不用生小孩，唯一职责是顾好皮肤，冻龄回春。偶尔，
我送一盒切好的有机水果到他诊疗室去，顺便享受一下

当医师娘的光环。我知道许多护士和病人在背后叫他哆啦A梦，但我无所谓。是他让我有了光。我有好爱我的老公，夫复何求？他每天晚上都会轻轻地吻着我的太阳穴，大手轻轻在我背后摩挲……

偶尔，我们在那张无数病人坐过的沙发上，头靠着头，什么也不做。他会一次一次，用充满怜惜的语调问我："你那时在巴黎哭得那么伤心，是在害怕什么？"我钻进他怀里，视线却总不知不觉扫向昂贵牛皮沙发死角缝隙里的陌生皮屑，说："是，时间。"

C 雷克斯

她又来了。

我对这样的流程已经麻痹。到百货公司楼梯间仓库般的管理部门，接受问讯，然后把她带回家，不，只是把她领离现场，让她自己回家。

（开场白：你是她儿子吗？不是，我是她女儿。哦哦，对不起。没关系。）

接着解释她为什么到美食街点一碗越南河粉，或一客韩国石锅拌饭，总要吃到最后，端着托盘到柜台，说里面有头发，有蟑螂蛋，要求退费。"对不起，她跟我父亲离婚后精神就不太稳定，请你们可怜她，高抬贵手。"

百货公司名声要紧，息事宁人要紧，我一次一次，把她平安地带回来了。我不会多说一句话，我知道这是她报复的方式：找我麻烦。

用我的女朋友（那好机灵古怪的永远的小女生珊珊）的哆啦A梦人物模拟方式，可以最快说明我家的复杂关系。我爸是圆滚矮胖有求必应的哆啦A梦，我妈是枯燥乏味平板严肃的大雄妈妈，他们希望把独生女我养成静香，但是我却长成胖虎（好大一只胖T）。我的高中同学多拉，是个娇滴滴软绵绵的公主病重度患者，恨不得把自己一生活成罗曼史或黄色小说，大学四年为四个不同的男生割腕，是我鸡婆，通过我们彼此熟识的同学，介绍她来我爸诊所心理治疗，结果才知道病最重的是我爸，多拉疗愈了他，并且成了我二妈。我妈成了在美食街游荡的失婚失神中年妇女。

她今天又创下了经典，不是挑蟑螂脚或头发，而是在一个素食自助餐厅的餐台上，拿着夹子，把每一样菜翻过来翻过去，如果一盆地瓜叶有三百片，她就翻了六百次，后头拿着托盘排队的人全堵在一起。

"人之常情，情有可原。"那位经理说，他们可以理解客人洁癖或挑食，但是不能影响到其他客人。不知道为什么，当他们看到，是我这样一个穿着格子衬衫牛仔裤的胖T女儿前来领取精神有异的母亲时，脸上就会浮出通情达理的神情，好像自动脑补，自动想象出一幅畸零家庭图景。对啦，人之常情，情有可原，我复诵着，心里却想着：屁咧，我家这么多元也是人之常情吗，说出来不吓死你才怪。

要了解一个家庭有多么多元，只需要问一句：你们过年怎么过？

　　除夕夜，我的原生家庭（爸爸、妈妈与我）还是回爷爷奶奶家去吃团圆饭，因为据说我那九十岁的祖父母仍认我妈是唯一媳妇。初一，我会和珊珊回她家。他们才是真正通情达理的一家，珊珊她妈骄傲告亲戚曰："我的女婿是个女的，我的孙子是一群流浪狗。怎样，电视剧都编不出来吼！"初二，我偶尔还陪我妈回她那姐妹众多的娘家，我爸当然陪他嫩妻回那个娘家发红包。初三开工，我差不多又要有心理准备，等着接电话，去百货公司接我妈了。我跟我爸说过我妈的状况，他只说了三个字：要吃药。

　　我妈是个执着于"如果不是……，就不会……"句型的人，她坚信如果不是我把多拉介绍到我爸诊所，她跟我爸就会白头偕老。所以人是我杀的。她因此曾经派出我去和我同学多拉谈判，这种很像是娘家某位大姐头应该出来乔[1]的场面，她竟要她的女儿去。我应该拿出一皮箱现金，或一栋房子的所有权状当作劝退小三的交换？没有。我只跟她说了一句：难道，你不怕我爸是萝莉控，还会喜欢上更小的？

我的二妈同学露出一派天真少女的神情，眨眨眼，说："那，我就让自己永远是个萝莉啊。"

妈，你输了。我回去跟我妈说，他们是真爱。

自从我懂事，且坦荡磊落自在出柜以来，我妈唯有一次，很幽微地，面对了我喜欢女生这个事实。她问我："你们……也会喜欢她那种女生吗？"你们，指的是广大的 T 众，她，当然是多拉。

妈我们也是有挑的好不好？我不确定这样回答会不会让她好受一点，所以我还是正经而客观地说了："她不是我喜欢的类型，但还是有人会喜欢。就像你们一样。"

我妈问我和珊珊已经在一起那么久，会不会一直长久？我说：没有意外的话。就像你们一样。

D　珊珊

雷克斯说我有一种把悲惨的事说得好笑的天分，所

以每次她的故事都由我来讲，我每次讲自己还是会笑到肚
子痛，旁边的人不知道是被我感染，还是因为我说得真的
好笑，总之我们会笑成一团。我知道雷喜欢我这样，我也
喜欢。

雷克斯的中文名叫作陈蕾，就是她父母大概希望她
长成花蕾、蓓蕾、林熙蕾，那种很女生的样子。可是她
从读幼儿园开始就不爱穿裙子，她爸请她在英国读书的
姑姑帮她买了好多漂亮小公主洋装寄回来，她就是不穿。
她妈就安慰她爸说，没关系嘛，我们穿裤子，也可以穿
得很帅气、很时髦啊。所以，读小学时，每周三的便服
日，陈蕾就穿上昂贵的名牌童装白衬衫、格子短裤、小
西装外套，搭上白袜和皮鞋，十足英国贵族小学生样。
但是过没多久，一个打扮得跟她一模一样的闽南语男歌
手出道了，而且名字发音还跟她一样：陈雷。

她痛苦的生涯从此展开了，每个臭男生成天对她喊：
偶速²陈雷。欢喜就好。她爸妈为此帮她转学，还帮她改
名，变成陈芷蕾。但这并没有帮助她女性化，她开始跟

踪喜欢的女孩子回家，有次为了爬到喜欢女生的房间窗前，徒手沿着公寓外的招牌铁架爬到二楼，腿上划破了大洞，缝了好几针。

她帮自己取了英文名字，Rex，雷克斯。她爸妈叫她蕾蕾，我和其他要好的拉子朋友叫她雷。

雷的妈妈是老师，爸爸是心理医生，她从小到大都第一志愿，但在大二的时候却从医学系转到兽医系。她对所有人说是为了理想，但我知道她其实是为了我。每次我这样说时，她就说我臭美，说她真的是只对动物有感情，对人没感情，除了我。我说那还不是为了我。

我们合开了雷克斯动物医院，没想到一家女同志兽医院可以这么有卖点。大概因为这些伴侣跟我们一样，不能有小孩，所以领养了小猫小狗。每次我这样说时，她就说我一厢情愿，有些人，例如她，无论爱的是男生或女生，都宁可养一堆动物也不要养小孩。总之，好吧，我们俩都爱这份工作。

雷说她认识我之前不相信世界上有这么快乐的人，无忧无虑，无牵无挂，做什么事都没障碍，她到我家之后才发现我们全家都这样。她说要做什么，吃什么，去哪里，我都说好。因为我真的觉得没有什么不好。就像我告诉我妈，我喜欢女生，我和雷要一起开诊所，我和雷要同居，她都说，好啊好啊好啊。

她常说我们的关系好到让她觉得不真实，但我告诉她，我从不怀疑。就算有一天她说她爱上别人要离开我，我也会说好。

她说她不信，我说你可以试试看。但我知道，她不会。

E　前妻

"循规蹈矩的好人不会是个好角色，只会成为好的前夫或前妻。"我的女儿蕾蕾LINE给我这句话，说是一位女作家说的。但我不认为我是个好人。

　　每次和他见面前，我都要花半小时对着镜子里的自己说：要镇定，要冷静，要和颜悦色，要逆来顺受。

　　这是我的最后一张王牌，他九十岁的父母，我的前公婆。表面上，我在付出，离婚后仍然每天到他父母家去打理一切。事实上，我在利用这对老人家，时时提醒他责任二字，时时让他感到愧疚：如果没有我前妻的牺牲奉献，我的父母不会安享晚年。

　　今天是我们的结婚纪念日，我们约好去医疗器材行买移动马桶给他的父母。我为此节食两个礼拜，抹掉一条紧实霜。我大可用网络购物，或要他打电话请人送货，但我用没有现场看货不知功能与规格、买组装好的比较有保障等等说法，拗到他没有门诊的时间，像要进行偷情一样，约在器材行门口碰面。

　　我们走到哪里都还像是一对夫妻，而一起去买马桶椅，更显得我们合家和乐。这家店是我在网络上看评价选的，但是一走进去，那面对面吃着便当的老板夫妇，却好像和他很熟似的，站起来招呼他：陈医师好。我不确定是他的病人还是朋友，也不确定他们是否见过那风骚的新任医师娘，总之，他们彼此有点尴尬。我倒很享受这种暧昧、心照不宣的不明关系，我们得到的好处是，比优惠价再打九折。

他去开车，我和老板及两只马桶椅在门口等候。我知道老板猜测着我是陈医师的谁，就算我是帮佣或看护，也必定和男主人有着不可告人的关系。我享受着。他车子来了，我故意像蕾蕾小时候那样叫他："把拔，把后备厢打开。"我感觉到老板有一丝获得八卦的欣喜，也许等下进去他就会跟妻子讨论。

我们又合力完成了一件事。现在，后座和后备厢各有一张马桶椅，我们一起往他父母家去。车上有我不熟悉的香水味，那又怎样。

我问他：刚刚那老板夫妻是你的病人？他说是，但基于医德，他不能说他们是什么问题。我说你可以随便说，就当作是送我的纪念日礼物。

　　"他们做爱时，那丈夫一定要看镜子。"我扑哧笑了出来，觉得他在调情。我看着他汽车导航面板上方那只不断点头的太阳能哆啦A梦公仔，慢慢把手伸向他的手。

1　居中协调，搞定。
2　即"我是"之意。

叶
妍
玫

莫非我们的意念、妄想与记忆，
也都被转成档案存在硬盘，
直接传送到脸书？

这个故事从一张脸书上的照片开始。

照片上的男人挺拔精瘦，穿着刻意年轻：石洗棉T加剪裁合身的牛仔裤，配一双短靴，但脸上的线条并不掩饰年纪，嗯，四十好几有了。重点是那身材，是狠狠练过的。而重点中的重点是，他原本完完全全不是这样子。

这让小玫叫出声来，她太惊讶了。他们切断联系时，脸书还没有发明。但脸书这东西就像疏通浴室排水管的那一根万能清洁钩，伸进去搅一搅，所有没见过的毛发皮屑都会缠绕攀附上来。这张照片是这样被钩钓上来："你可能认识这个人：FC Chung"。

看照片底下的回应串之前，让我们先来看一下小玫现在呈现的状态。她穿着哺乳型内衣，一掏奶就掉出来那种，上半身前倾四十五度。脸书配挤奶，是她这四个月来必须一日从事多回的主要活动，就连手指都已娴熟地各司其职。右小指翘起，其余九根手指与双掌抓着一只奶，来回挤压，母乳喷泻至消毒杀菌过的保鲜盒里。Mini iPad 就摆在保鲜盒后面的架子上。

小玫用右小指外侧滑了一下屏幕，看到底下的响应："帅哦～""越老越帅哦～""脱掉！"FC Chung 自己响应："谢谢大家，健身了一年多，总要有成效。最近才加入脸书，请大家多多指教。"

没错，是他的语气。FC Chung，庄福全。小玫十年前在一家创意营销策划公司当总经理秘书，她刚毕业，对公司里不分大小上下一律彼此叫英文名或中文名英译缩写非常不适应。大家直称总经理陈海川为川哥，叫副总庄福全 FC。她连练习叫川哥都练了一阵，那些初高中英文课本没出现过的英文名字 Leslie、Joseph、Claudia，她更是趁没人时反复练习咬字发音。

　　她读完高职考二专¹又升二技²，求学过程符合了父母对她的期待：乖就好。这三个字背后隐藏的大量信息是：不会念书没关系、没高学历没关系、没见过世面没关系。除了乖，小玫唯一会收到的称赞，是人家看到她名字的时候："叶妍玫，哇，你名字真好听。"小玫会害羞地低头。

　　川哥聘她进来时也是这样的。"叶妍玫，哇，你名字真好听。"然，下一句是，"有英文名字吗？"她摇头。川哥帮她取了音近的May，但公司里早已有个May，长腿长发密苏里企管硕士，那个May就变成了大May，小玫是小May。叫着叫着，还是回到了小玫。

　　小玫住在台北车站附近的小套房，也是父母帮她打点好的，是亲戚的房子。她上班第二天就跟大May和FC一起出差，去县政府文化局提案，一个推广阅读兼文学奖的案子。FC开车，大May坐前座，小玫坐后座。不过一百公里的路程，小玫就看到两人相互以手摩挲彼此的大腿，不下三回。没在怕你看，那肢体仿佛这么说。小玫装睡，装看窗外，装没事，裤底却一片潮热。

回来以后，大May就把小玫拉到茶水间，说了以下的故事：

公司里每个女的都跟FC搞过，往来客户中也不少。FC在美国还有个分居但未签字离婚的老婆，他每半年还得飞一次慰亲。FC的原则是只有他可以去女的住处，女的不准去他家。（"那如果女生跟家人住怎么办？"小玫问。"傻孩子，开房间哪。"）

女同事们之间流传的暗语是："我现在是你的了。"做完时一定要跟FC讲这句，因为FC会露出像孩子般的表情，天啊！那神情真是太纯真可爱了，不，不是含情脉脉或像见到了娘，而是他真的听不懂。但这时通常是两个人脱光光共盖一条被，FC心想，这儿房子是你的、床是你的、枕头被子都是你的，但你说我现在是你的了，到底什么是我的？

他没反应。有些女的不死心，再重复一次："喂，我说我现在是你的了！"FC会说："那我要说什么？"这时女的可以说出所有要求，例如：“你是我的小宝贝儿，我一定会好好爱你保护你一辈子。”FC会复述，要几遍都可以。

“不过，请记住，”大May沉缓加重音调，“说出来不代表要做到，认真就输了。”（小玫再问：“那这样干吗说？”大May说：“傻孩子！爽啊！那就跟打虚拟现实在线游戏一样，只是我们打真的。”）搞搞弄弄三个月半年，大部分女的就想走了，因为，暗语二：“他没有爱人的能力。”

小玫不知道大May像交代工作般提示又提醒，是什么意思。她想告诉大May“我应该用不上吧”，骨子里的自卑却先发言：“他应该看不上我吧。”带着一点少女的娇嗔埋怨与酸溜醋劲。大May耸了耸肩。

一个月过去，小玫学会偷偷不动声色观察，全员加班时，哪个女同事会尾随着FC下班；聚餐之后哪个女同事会借口说顺路与FC共乘出租车。既然都知道彼此的存在，还可以心得分享，何不做个班表、像登记会议室那样算了，小玫心想，又想到，哦，不对，也许她们早就有共享的在线行事历了，但小玫始终未被纳入那个群组，

FC与她之间仍如长辈与晚辈，上司与下属。

　　每周五是公司的牛仔裤日，那天大家可以衣着轻松。而每个月最后一个周五是分享日，中午全公司二十来个员工在会议室聚餐，外叫比萨或自助式点心，配几打啤酒。每个人轮流发言。分享故事、心得、八卦、乐透明牌[3]皆可。

　　小玫参加的第一个分享日，主要发言人是FC，他说了一个落石的故事。FC读大学时和一群同学去秀姑峦溪泛舟，一条船八个人之中，有两对情侣，就叫甲男甲女和乙男乙女好了，坐在前后，且因为两侧体重要平均，所以甲男坐在乙女后面，乙男坐在甲女前面。中途他们的船被漩涡困在山壁边，划不出去，开着小快艇的救生员喊着："上面的大石头很松，你们要赶快划出来！"救生员准备丢绳索到橡皮艇，这时，一块直径超过五十公分的石头掉下来了，正朝着乙女的头落下，甲男在万分之一秒以身体护住乙女，肩膀手臂被砸伤。

　　救护车来到最近的岸边，四人上车，到医院后虽然甲女照顾轻微骨折的甲男，乙男照顾轻伤的乙女，但四个人的关系已经开始变化。果然，不久之后，甲男和乙女在一起了，现在已经结婚生子。

FC说："我并不是要告诉大家什么命运的安排，还是什么接受人生的转变。因为，故事的后续是，甲男向乙女招认，其实自己已经默默喜欢她很久，只是不知道如何跟甲女分手，他一直在祈祷，不可抗力的奇迹从天而降、助我一臂之力吧，我愿意付出应付的代价。果然，这落石就打在他一臂之上。而乙女听完之后，瞪大眼睛，说：天啊，我也是。我也在心里喜欢你好久，这块落石一定听到我们的呼唤了。"

"所以，"FC最后下了漂亮的结论，"请大家持续对宇宙呼唤，让我们下一季业绩破新高吧！"

大家欢呼，川哥带头拿起啤酒干杯，FC一饮而尽，小玫仰头喝酒时隔着透明塑料免洗杯一直偷看着FC，在金黄色气泡与白色泡沫之间，小玫看见FC也在看她。小玫原本想，FC哪来那么大的魅力呢？是长得比一般男人高一点，但肚子微凸头发微秃，穿着也很一般。然而，那一眼，小玫知道他的眼睛放射着一种信息：跟我上床，保证你会到另一个世界，那流着奶与蜜的你是我的小宝贝儿我一定会好好爱你保护你一辈子的天堂。

她从那时开始对宇宙发出意念："让FC跟我上床。"她开始练习，如果成真了，她绝对不要和女同事们说一样的话，她要把"我现在是你的了"，改成"你现在可以走了"。

"如果你喜欢什么东西，让它走，如果它回来了，它就是你的。"这是川哥压在桌子下的格言，小玫很喜欢。

但日复一日，小玫和同事们越来越熟，聚餐、唱歌、喝酒、同一路线共乘出租车回家（从没和FC同车），FC却一点暗示都没有。一直到那个星期天早晨，她从警察局的侦讯室出来，门一开，FC坐在外面，她才猛然一惊，落石掉下来了。

这块落石太大了。川哥把车开到河滨停车场，在车内烧炭自杀，没留遗书，最后拨出的一通电话，是打给小玫。警察问小玫："他跟你说了什么呢？"

星期六晚上，小玫正在小套房里去脚皮，川哥打来，告诉她："我家里有点事，星期一不进公司了，你跟同事们说一下。"老板交代秘书，天经地义。语气呢？"没有，没有异状。"

小玫出来，发着抖，看见FC，抖得更厉害。FC拍拍她肩膀，说："等我一下。"小玫等着FC，想着等一下他们会怎么开始。

小玫上了FC的车。"你可能第一次碰到这种事，不要害怕，该来的总是会来。"他脸色阴郁，音调却温柔得很。虽然小玫很努力地往床上的事想，但她知道FC是在讲川哥自杀的事，她在心里默念了一百次拜托。FC接着说川哥其实已经抑郁症服药多年，这阵子因为兄弟在谈分家产的事，心情低落，所以想不开。车子到了小玫的家，FC没有找停车位与她一起上楼的意思，一只手还停在排挡上，准备加速离去。小玫开了车门，跨出了一只脚，屁股还在副驾驶座上，小玫转身，想要把手搭上FC在排挡上的右手，但就那一瞬间，FC竖起右手，挥挥手，说:"再见,好好休息。"他们的手在空气中错过,小玫的祷告仍未感动上天撼动巨石。川哥死了,与和FC一起上天堂,两件事本来就不相干。

小玫上楼,安慰着自己:"如果你喜欢什么东西,让它走,如果它回来了,它就是你的。"小玫坐在床上,开着电视,魂不守舍。我到底有什么问题,我现在很惊吓很脆弱,很需要安慰很好拐骗,我二十二岁,没交过男朋友,要比青春的肉体,我比公司那些姐姐们更有本钱。莫非他不碰处女?干脆打个电话问大May好了。

她在脑里反复回想刚刚与FC首次单独相处的二十分钟,最后一个画面是FC竖起右手,挥挥手,说:"再见,好好休息……"不,停格,倒带,他底下还有一句话,他说,"有什么事再打给我。"没错,是这样。小玫想起来了,只是她那时碰不到他的手太绝望,所以漏听了。回放一次,FC竖起右手,挥挥手,说:"再见,好好休息,有什么事再打给我。"

对,我现在很有事,太有事了。我要你马上过来。小

玫这么想，拿起手机，就拨出去了。十三声铃响后，"您
的电话将进入语音信箱，嘟声后开始计费，如不留言请挂
断。"小玫挂断，重拨，她一连拨了三十几通，都一样。

这时，她突然念头一转，一定是他现在很惊吓很
脆弱很需要安慰，所以跑到女人的家去了。她拨给了大
May，还来不及想要用什么问候语开场，电话那头的男声
直接抛来一句："你很想做爱对不对？"正正确确，是FC。

大May在旁边淫浪笑着，喊着："来啊！一起做啊！"
他们把手机摆在一边，毫不害臊地继续做，小玫听着两
人翻云覆雨、忘情喊叫、脏字调情、身体碰撞、各自高
潮，一直、一直听到大May那句："我现在是你的了。"小
玫才挂了电话。

"你现在可以走了。"小玫自言自语，庆幸这句她的
专属台词尚未被用走。她隔天没去上班，此后都没再去
那家公司上班。用"被老板自杀惊吓到"的理由，请父
母代办离职手续。她回到中部老家，认认真真补习考公
职，安安分分当公务员，两年前，相亲认识现在的老公，

约会两个礼拜后去开房间，三十岁的小玫终于不再是处女。结婚、怀孕、生下第一胎。

她有时在脑里回想那通电话，想着会不会根本就是自己拼接出来的？有时回想更远，想到与FC当同事的那几个月，与大May的对话，其实那会不会也是她幻想出来的？毕竟，她从来没对别人说过，也与当时的同事完全断了联系。但如果是这样，此时此地，脸书又怎么会跑来告诉她"你可能认识这个人：FC Chung"，莫非我们的意念、妄想与记忆，也都被转成档案存在硬盘，直接传送到脸书？

那么，姑且当作脸书什么都不知道，只是送来了一张身材很好的中年男子的照片，名字叫作FC Chung。小玫也姑且当作什么都没发生过，轻轻按了"送出交友邀请"。现在，故事才要开始。

---

1 两年制专科学校。
2 两年制技术学校。
3 乐透，台湾的公益彩票；明牌，坊间预测最容易中奖的号码。

赖
彩
霞

她已经自由太久了，
甚至刚刚都泛起一点身体自由、情欲自主的念头。

每个人的一生好像都会有个叫赖彩霞或是陈素珍这样的初中老师。她教我们的时候大约是三十岁，可能新婚，可能结婚几年终于怀孕，在初中三年求学生涯里一定看过她穿孕妇装，名师严厉与少妇光辉在她身上交错着。

　　你可以看出她出身好人家，不然不会没教几年书就有高级新车代步。她的普通话字正腔圆，大多教的是语文，但最强的是当班主任，其他老师的小孩、民意代表的小孩都要通过关系挤进她班上。那个班整洁有序比赛一定常拿冠军，运动会上大队接力、跳高拔河也不落人后，墙报比赛则是老师会花整个周末陪着孩子做，其实无论做什么，就是要你不能输。她也许还会说："尽力就好，得失心不要太重。"但言下之意是，"只要你尽力，你就不会输。"

这一路百战百胜终于来到高中联考（对，不论现在叫基测学测大考指考，我们那时就是只有一种：联考），全班五十人（对，我们那时还没少子化）可能一到三十名都第一志愿，红榜贴满学校围墙。平常比分数比名次的好学生们在那个夏天突然变成好朋友，一起骑自行车去看过几次电影，也常一起到老师家吃比萨玩小孩。但随着开学，各自开始各自的高中生活，渐渐杳无音信，手写的教师卡贺年卡也在高三那年终止。

克莱儿就有这么一个，赖彩霞老师。她初一到初三的班主任与语文老师，而她必然也是赖彩霞教学生涯中印象深刻的好学生，代表学校参加语文竞赛、全校成绩前十名。毕业后，她们一开始维持不错的联系，主要是克莱儿的阿姨是那所初中的职员，总务处的出纳小姐，所以她阿姨会跑来跟她妈更新一些赖彩霞老师的消息，她妈再跟她说。反之亦然。

她高二的时候，第一次文章被登在报纸副刊上，她妈还剪下来，塑封好，贴在卡片上，要她写几句感谢的话，请阿姨拿去给赖老师，克莱儿头都昏了，要感谢什么？可是写字对她来说实在不难，就算觉得矫揉造作，不情不愿闭上眼睛写了，也就过去了。果不其然，赖老师又托阿姨转交给妈妈一本余秋雨的书，故意俏皮地写上："这是我的新偶像，与心思敏捷的你分享。"克莱儿一直没认真看过那本书，日后离家上大学，就一直留在家里。阿姨与妈妈好像很热衷于这种传递转运的差事，包括她高中毕业旅行去宜兰买了两包牛舌饼回来，妈妈都要留一包给赖老师，说："这是我们家克莱儿的心意。"

其实克莱儿对初中生活厌倦得不得了，妈的每天齐步走，还要喊口令是什么东西，那从早自习到晚自习一堂课一张考卷又是什么地狱，她初中时每天循规蹈矩，品学兼优，只是希望不要被找麻烦，这勤奋上进的前段班只是她的跳板，对学生鞭策有方的赖彩霞也是她的跳板。上了高中，她就自由了。她永远记得高中住校的第一天，爸妈帮她把单人床垫、枕头被子、脸盆、漱口杯这些家当细软安置在学校对面的学生套房，千嘱万咐了一些要小心要每天打电话，开车离去后，她一个人小心翼翼下楼，走出巷子，站在大马路上，看着那绿底白字的路牌"自由路一段"时，那种雀跃的感觉。对，她心想，我终于要自己走一段自由的路了。

她走得越远，就越不想回头看。

所以对每次赖老师赠送的优良读物或上面印有静思语的提书袋总觉得碍眼，尤其那些写着"愿缪思女神眷顾你""不疾不徐，从容迎战""璀璨前程由你创造"的小卡，她觉得真是怂毙了。随着上大学，时间终于发挥它的特性，克莱儿和赖老师之间如一条从两头拉开的面团，交接处越来越稀薄，终于断了。

但是，在大一升大二的暑假，妈妈又从阿姨那儿听来一个悲痛的消息。赖老师的导游老公，带着他们读小学的独生子去美国玩，结果小孩在饭店游泳池溺毙了。Jason，克莱儿还记得那小男生的名字。妈妈一直叮咛她，开学时赖老师应该比较平静了，寄一张教师卡给她。克莱儿虽然的确升起了一点同情，但社团啊，恋爱啊，夜游看流星雨啊，这些大学里的事情涌上来时，教师卡这种事当然很容易被遗忘。她想起时已是九月二十八日的深夜，从宿舍上铺床位的铁梯爬下来，开计算机上了网，选了一张电子贺卡，找到初中的官方网页与赖老师的email，寄了过去。她从来不知道赖老师收到了没有，听说当年那些数字化建置都只是消耗预算虚晃一招，让老师们去一天研习就以为他们全面升级了，其实很多老师连email怎么开都不知道。

一年很快又过去了，这一年内由阿姨处得知的八卦包括：因为丧子之痛，赖老师与丈夫的婚姻触礁，她先生会打她，她常常受不了跑回娘家去住。过了一阵子，学校教职员们窃窃私语，赖老师常被一辆奔驰车接送，那男的听说是她的青梅竹马，家里开鞋厂，超有钱，却很痴情，始终未娶。有天放学时，她先生跑来堵他们，一下车就给赖老师一巴掌，鞋厂小开上前揪住他衣领，三个人在校门口拉拉扯扯，警卫来把他们拉开。"哎哟难看死了。"妈妈说。那天，赖老师最后跟先生回家了。

"你不要说人家闲话啦。"克莱儿每次听完都忍不住对妈妈说。"我们是在关心啊!"妈妈神回答。

克莱儿不怎么关心,但日后这个画面一直在脑里重复着:被老公打了一巴掌,还是跟老公回家的赖老师,坐在副驾驶座,看着后视镜里的情人的奔驰车,距离越来越远,奔驰车与背后火红的夕阳融成一片。克莱儿想象得太多次了,以至于把时间顺序,直接链接到那个夜晚。

大三开学前一晚,九月二十一日凌晨。整座女生宿舍一千多人,被超级大地震摇醒,舍监拿着大声公[1]驱离每个学生。克莱儿和室友们穿着睡衣拖鞋,像游魂一样,鱼贯而出,一个挨着一个,到了大学校园的大操场。男生没那么乖,只有零星几人从男生宿舍跑出来。有些情侣在人群中重逢了,一对对在暗黑无光的操场拥抱,远处消防车、警车咿鸣不止。

克莱儿拿着她的生平第一只手机,Nokia3210,打给她的男朋友。手机完全不通,她跟着几个女生去医务室还是警卫室,排队打电话跟家里报平安后,又打内线分机到男友寝室,答案是男友想要留在床上睡觉,并不想跟她演出倾城之恋。但女生宿舍的舍监不准她们进屋，克莱儿回到操场，找到同寝的澳门妹，两个人头交着头，像天鹅一般睡去。就在这时，隔壁寝室同乡的学妹拿着随身听跑过来，对她说："学姐！龙邦倒了！"

龙邦是他们那中部小乡镇少数的商住大楼，大部分人都还住着三合院古厝，或四四方方的独栋透天厝的小地方，能住进那样有管理员、有电梯感应卡的小区大楼，是件时髦的事。克莱儿认识的人里面，只有一家。赖彩霞老师一家。

于是，恍恍惚惚中，克莱儿觉得那是同一天的事。那个傍晚，赖老师被丈夫打了一巴掌后还跟他回家，两个人也许还冰冷地面对面吃了晚餐，赖老师在书房批改学生作业时，还对着过世一年多的儿子照片流泪，而后与丈夫背对背睡去。接着，便天崩地裂。

"四楼以下都活埋了。"学妹补充。克莱儿记得，赖老师住在三楼。

克莱儿突然想实验，她能否成功拨通手机，到那瓦砾烟尘之中。她拿着手机走到操场跑道的另一头，一次一次重拨，听到"无系统服务"就挂掉再拨，她不知拨了多久，突然，接通了。她屏息以待。铃响了九声，在要被接入语音信箱的瞬间，电话被接起了。

"喂。"是一个干净的男声，周围静寂。

"请、请问赖彩霞老师还好吗？"克莱儿只能直觉冒出这句话。

嘟嘟嘟。电话被切掉了。克莱儿呆住，看着天空慢慢变成透明的蓝，天慢慢亮。"可以回宿舍了。"有人说。

开学第一天就停课一天。有一半同学跑出去玩了，一半同学挤在一楼交谊厅和地下餐厅看新闻。克莱儿假装没睡饱，在床上躺了一天，睡睡醒醒。

睡时重复着同一个梦：她回到初中母校门口，目睹了赖老师拉拉扯扯的三角恋，在赖老师坐上丈夫的车，即将从那种着两排大王椰子的初中路开出去时，克莱儿跑到马路中间，站成大字形，对老师喊：不要跟他走！

醒时则重复拨出电话给赖彩霞。老师关机了，没再拨通过。

几天后死伤名单出来了，龙邦大楼死了二十三人，赖老师的丈夫是其中之一。赖老师毫发无伤，那晚，她没有住在家里。

听说后来，她与公公婆婆、小姑小叔还为保险金与赔偿金吵了很久。（消息来源：镇上代书是阿姨的初中同学。）最终尘埃落定，一年两个月内丧子丧夫的赖彩霞老师，离开了那所学校，不知去向。

"她再嫁了吗？"克莱儿有次问她妈。

"这不知影啦。"她妈回答。

"你不关心她了吗？"克莱儿长大了，学会揶揄。

"想关心也无地关心啊！"她妈神回答。

无地关心。闽南语，无门路、无管道、无空间、无权利、无资格关心的意思。克莱儿知道，这就是她和赖彩霞老师最终的关系了。

●

对故事来说，这绝对是个拙劣的转场，但绝不是硬拗，好让故事有个下集，而是，当通信方式铺天盖地，如一只多脚海怪，不停伸出无数触角，吸附你的通信簿与生活，再咻地抛向云端时，久别重逢，这四个字不再沧桑。

好，说白话文。大家都有过那种被小学或初中同学加为脸书朋友的经验吧，交换近况两句三句就干到不行，以笑脸贴图说拜拜。短时间内你可能看完了他两个小孩从出生到幼儿园的成长照，知道他家族旅游去巴厘岛住在哪家villa，知道他昨晚同事庆生去了哪家半年前就要订位的烧烤店，知道他昨晚夜跑，跑了八公里。你们彼此点赞，彼此留下一些"看起来"字辈的留言：看起来很好吃、看起来很好玩、看起来很好看。

然后又有一天，你突然在脸书上看不到他了，点进去看，才发现你已被他删除（可能因为哪次他说看起来很好吃的时候你没响应），你们不再是朋友。需要再发一次邀请，把他加回你那朋友栏里那几千分之一吗？没必要。你们不再是朋友。

古希腊哲学家说："你不可能两次踏进同一条河。"意

思是河水不停流动，你就算一分钟后踩进同一条河，踩
的也不是同样的水了。脸书的出现让人与过去生命中失
散的人们有了第二次联结的机会，但时间流逝，你无法
要求一切如故。

当克莱儿收到"赖彩霞"的交友邀请时，不知是不
是受到那大头贴上的一朵莲花引导，脑中自动冒出"前
缘未了"四字。那时她刚辞掉了房地产文案的工作，卖
掉了房子车子，打算用清完房贷后剩下的存款，出去一
两年，可能读个短期外语学校，总之，来到三十五岁，
无夫无子，只有一堆乱七八糟的旧情人，她想，也许来
个毁灭之后的重生。"你们这种躺，一定是一出去就被意
大利佬把走，马上就大肚子啦。"克莱儿的闺蜜丹丹对她
说。若是那样，也好。克莱儿想。

就在她准备出境、把所有家当都搬回老家顶楼的仓
库安置好时，与赖彩霞老师联系上了。脸书显示，她们
有四个共同朋友，都是她的初中同学。她忽想起，她已
来到当年赖老师的年纪，三十五岁，那年赖老师丧夫丧

子，而后也必定在哪儿重生了，不然不会又出现。

赖老师传来的私信没花篇幅叙旧，也没交代太多近况，言简意赅："我和我先生打算经营一家咖啡馆，可以请你帮忙想想文案吗？"划重点——"我先生"，克莱儿像村上春树那样自动点上三个小黑点。

她们来回传了几次私信。龙邦大楼的废墟在两三年前被新建设公司买下，盖成了新大楼，那建案名称出自克莱儿之手："朝颜"。文案是："沾着露水，迎向曙光，这是重生的喜悦。"那时老板的指令是，反正不要让人感觉这里倒过、死过人，但是又要充满希望。赖老师写道："有次回娘家时看到那广告牌，热泪盈眶。后来才知道是你写的，真以你为荣。"（怎么知道的？一定是她妈→她阿姨→全村庄→全世界。）

克莱儿从火车站搭出租车循着地址来到赖老师的家。那是这城市房价最疯狂的区域，名为七期，而赖老师住的更是七期里的富豪小区。老师是嫁给了当年的鞋厂小开吧？克莱儿推理着。现在，她坐在正中间有个圆形热带花圃的大厅，看着玻璃墙上的瀑布，等着老师的印度尼西亚女佣来接她上楼。

身材婀娜曼妙、训练有素，带着高雅微笑，穿着亚麻布开襟上衣、系绳深褐色长裙，与一双原色皮拖鞋的女佣走过来时，克莱儿想，这是在琉璃工房或食养山房吧？女佣伸出手，大方地与克莱儿一握，用英文说："我叫米歇尔，madam。"克莱儿故作镇定，用英文回："叫我克莱儿就可以了。"

米歇尔带她穿过花木扶疏的中庭，她忽有错觉，米歇尔会帮她在耳鬓插上鸡蛋花，先带她去做个SPA。搭上指纹感应电梯，她终于进到赖老师的家。克莱儿失望的同时，竟也松了一口气。他们家最高档的配备是那气质可比茶屋女主人的外佣，其次是大楼那好比曼谷百年饭店东方文华lobby的接待厅。进到屋内，便回到现实。屋子内部的装潢与气氛，皆像路边你不会想看第二眼的精舍，而彩霞老师更平凡得像个来精舍祈求儿子金榜题名或小三退散的阴郁妇人。但明明她才是女主人。

她们在和室坐下，米歇尔弯身送上茶时，克莱儿看见她从前襟露出的丰满半球，回过头来，坐在面前的赖老师，实在平板瘦弱至干瘪。读初中时虽然自己已经发育，但似乎不会去注意女老师的身材，现在回想起来，初一时的运动会，赖老师穿了学校发给老师们的运动上衣和短裤，戴了遮阳帽，远远看去，就像跑错校园的小学生。

赖老师仍字正腔圆，向她交代行程安排：她们先聊聊天，等她先生回来，会带她去看装修中的咖啡馆，老师因为对粉尘过敏，就不去了。

克莱儿真的想轻松点了，也许日后不会再见面，那么白目一次又何妨？

"老师，那您跟您先生是怎么认识的呢？"克莱儿听见自己说。

赖彩霞像打开了开关，对着将近二十年没见面的学生娓娓道出这些年的流转。没有，这位先生不是她那位鞋厂小开青梅竹马。"9·21"地震之后，他们的确在一起了，但小开的爸爸胡乱投资，一夕之间家产全没，房子也被拍卖。小开不得不到大陆的亲戚工厂工作，赖彩霞跟着他去了，在昆山的台商子弟学校教书。过没多久，就发现这小开是人面禽兽，到处拈花惹草，"我被他伤得遍体鳞伤。"赖老师对克莱儿说。

赖老师与小开分手，自己回到台湾，经朋友介绍，开始看心理医师，是在诊所认识了现在的先生。"他是医生？"克莱儿问。

"不，他也是病人。"赖彩霞回答，"我们不该被说是病人，而是，是需要帮助的人。他其实是和他太太一起去做婚姻咨询，但他觉得没用，跟我结婚后，他说症结原来是换个人就好了。"

克莱儿瞪大了眼睛。这在她妈的辞典里，叫作"破坏别人家庭"。

老师环顾了周围的佛像和经文书法，说："这也就是为什么我们开始笃信佛教。他把所有东西都留给他前妻了，房子、现金、他们共同经营的医疗器材行，可是伤害仍然是不可逆的。你知道什么人需要宗教吗？只有两种人，被伤害的跟伤害人的。"

赖老师的现任丈夫，是为了爱而孑然一身的穷光蛋。这豪宅是赖老师的父亲留下的，她父亲在三十年前就有独到眼光，在这当初鸟不拉屎的地方买了好几块地，重划之后成了田侨仔[2]。她是独生女，父亲过世后，依遗嘱和母亲一人一半，母亲却要求更多，"七十几岁的人要那么多房产财产做什么呢？好吧，要就给她吧，反正我也够了。"母女从此不见面不说话。

赖彩霞笑说她有时想想，自己的人生很不可预期吗？这些房地产才真正是万万没想到吧。

克莱儿看着被因缘聚散伤害得瘦小干枯的赖彩霞老师，坐拥亿万豪宅、有了看似志同道合（一同念经吗？）的另一半，但她身上似乎榨不出一丝一毫快乐了。她像个破了底的容器，丧子、不伦、丧夫、屋毁、被不伦、丧父、与母决裂、不伦、获得财富与幸福，这些东西唰唰唰在十五年内流过她，什么都没留下。

"老师，您现在快乐吗？"克莱儿又听见自己问。

"就像你写的啊，沾着露水，迎向曙光，这是重生的喜悦。"赖彩霞背了出来。克莱儿羞赧得想要钻进那升降和室泡茶桌里。

●

克莱儿记得，当她让米歇尔带着，走出那贴着"慈悲喜舍"红联的大门时，一定转身向赖老师说了"有空再来看您"，而赖彩霞也一定跟她说了"下次再来玩"。但接下来发生的事，克莱儿知道，没有下次了。

她们聊到末了时，赖老师接了先生打上来的电话，说车子在楼下等克莱儿了。克莱儿是很怕被等的人，匆匆借了洗手间，匆匆由米歇尔领着下楼上车了，也就是说，她上了一个陌生人的车。虽然这陌生人是她初中老师的现任丈夫。

"师丈您好。"克莱儿保持好学生样。师丈已有年纪，但身材保持健美，天生轮廓深邃，先天优良后天努力那种，如果是完全的陌生人，在高铁或书店里看见了，克莱儿会不畏生地多偷看两眼那种。但现在，她只能端端庄庄地坐在副驾驶座，双腿并拢，把包包放在腿上。

时近傍晚，师丈应该要回家吃饭。克莱儿觉得这应该是个快速的行程，看完咖啡馆，她便可自己搭出租车去车站，或师丈会客气说送她一程，反正这市区并不大。师丈把车子开到交流道附近的空地，沿路跟她解说房价攀升与建案往外蔓延的状况，他绕了几圈，克莱儿开始察觉不对劲。

师丈说："你应该知道没有咖啡馆这回事吧。"

克莱儿下意识拉着开门的把手。师丈把车靠边停了，前方是一个精品汽车旅馆的招牌。

"我不会伤害你，我是来帮助你的。"

"帮助？"克莱儿不解。师丈缓缓把克莱儿的头压向自己的肩膀，很神奇地，她没有躲，甚至有那么两秒钟，她觉得她需要这一份轻轻的依靠。"你知道张如心、纪宜君啊，她们也都接受过我们的帮助。"克莱儿弹起来，离开了师丈的肩膀。这两位都是她的初中同学，赖彩霞的学生，她与赖彩霞现在脸书的共同朋友。就脸书显示，张如心去年刚结婚，纪宜君已生两个小孩。

是什么与我结合就帮助你消除业障、接近佛祖那种神棍骗色的鬼话吗？师丈从皮夹里拿出一张支票，开票人是赖彩霞。所以，显然不是。

"我听赖老师说你要出境读书，所以你需要用钱吧？"

"这是援交的意思吗？"克莱儿有时很感谢自己的白目。

"不能这样说，你需要钱，我需要性。赖老师知道我需求大，这是我们共同想出来的方法。"

"为什么不找妓女？"克莱儿的手伸进包包里，紧握钢笔，用一只手把盖子推开。

"这是赖老师的意思，她说，既然要帮助需要钱的人，就帮助认识的人。而且，我向她承诺过，不会背着她在外面做任何她不知道的事。"

这也算忠诚了？克莱儿想起前几天看的新闻，高级官员的儿子招妓罪证确凿了，支持者阿伯对着新闻记者说："嫖妓也没什么啦，又不是没付钱。"又想到一个朋友说过，她爸每次出差，她妈帮她爸打包行李时都会放进一盒保险套。

"如果我不愿意呢？"克莱儿左手握着钢笔，右手拉着门上的拉把。

"我会尊重你,送你回家,或送你去坐车。"师丈没有一点不悦,但接着是挑逗,"但我真的要告诉你,你很漂亮。"

咔啦。开门的时候到了,克莱儿跨出一条腿,师丈把支票塞到她手里,说:"这是赖老师交代的,还是要给你。"慌乱中,克莱儿不知怎的,就收下了,后来才想到,也许,是封口费。

她头也不回地往前走,尽管一点都不确定这空荡荡的重划区何时才会有一辆出租车。她可以感觉到师丈的车掉头了,开远了,开进夕阳中。

她走了一段路,幸运地拦到车。出租车开过灯火明亮的新市区,过了条河,来到没落凋败的旧市区。过去好热闹的啊,她在这里学会用一个便当的钱去买一块精致的小蛋糕;在周围巷子里的小餐厅学会分辨迷迭香与薰衣草的味道。克莱儿又看见了那块路牌:"自由路一段"。

她已经自由太久了，甚至刚刚都泛起一点身体自由、情欲自主的念头，就跟这精壮又需求量大的老帅哥做了吧，还有钱拿。但真正让她打消念头的，不是道德，不是洁癖，而是，忘了在哪本书看到的：做任何一件事之前，想想看若它变成明天的新闻标题，你能不能承受得起？

"退休女老师为大鸟丈夫拉皮条，从学生下手""师丈我还要，豪宅女教师为丈夫过滤性伴侣""念经兼摸奶，信佛夫妻不为人知的淫乱生活"……克莱儿并不想由此毁灭再重生。

克莱儿下了车，买了票，就像她上高中刚离家时一样，过地下道到站台。她想到，不对，还有一个谜未解。她拿出手机发了脸书信息给赖老师："老师，我在'9·21'地震那个凌晨曾经打电话给您，是一位男士接的，您有印象吗？"

电联车还没来，老师先回传了："有这么一回事吗？那晚我回去住娘家，没带手机。"

她们彼此装作什么事都没发生。只有两种可能，一是老师说谎，二是，那声"喂"，是由被活埋在地底的前师丈发出。但都不重要了。克莱儿删掉信息后,删除拉黑了"赖彩霞"。不,还有第三种可能,就是在那犹如地球毁灭、空气充满恐惧惊慌、所有信号相互干扰的末日凌晨,电话接错线了。那声"喂",来自一个过去现在未来都不相干的人,就像我们一生中,都曾与无数的打错电话的人交谈过那么几个字。

这个下午,也是一样的。在克莱儿一生之中的几万个下午里,接错了,拼错了。"对不起,你找错人了。"她欠赖彩霞及其先生这一句。

克莱儿回到家,把那张皱巴巴的支票摊平,夹进当年赖老师送她的书里,放回架上。这些书已经二十年没人翻过了,也许有一天它们也会被埋在废墟中,也许有一天,这张支票会被发现,但那必定是很久很久以后的事了。

---

1 手持扩音筒。
2 因土地一夜致富的人。类似土豪、暴发户。

米
歇
尔

过了好久，

我才听见米歇尔用微弱沧桑的声音，说：

"然后，就 wait and see 啰。"

1

村长家是村子里第一个请外籍帮佣的人家，听说申请好久，一直不过。终于，村长夫人年初跌断了腿，米歇尔来到他们家。他们对于自己挑选了个大学毕业的女佣得意得不得了，说菲律宾的卡粗卡黑[1]，但印度尼西亚这个属幼秀款，白白净净好有气质。然而，他们还是做了所有雇主都会做的事，在米歇尔夜晚将抱去手洗的男主人裤袋里放了两百元纸钞，故意假装是忘了拿出来的。隔天一早，米歇尔把摊平的两张百元钞递给村长夫人，说："是阿公的。"她通过了考验，成为这大家族的一员。

大概是中介，或是村长的儿子，帮她取了个老人家好叫的名字："阿蜜"。村长夫人热络地叫她阿蜜耶。卖菜的三轮车来了，坐在电动轮椅上仍街头巷尾东家长西家短的村长夫人，说："赶快叫阮阿蜜耶出来买。"邻居阿婆挑了两扁担菜，村长夫人好热心，"哎呀，阿嫂，免这辛苦！我叫阮阿蜜耶出来帮你担回家！"

明明是吩咐指使她做这做那，却喊得亲得如孙女。例如：村长夫人也这么喊我：阿蕙耶。对，她是我的阿嬷，我是村长家的孙女。

米歇尔来到家里的时候，正好是我离家到市区读高中的第一年，每个周末才回家一次。三四个月后，米歇尔被带走了，因为她的肚子大了起来。一时之间，各种流言在村子里流泻开来，有人说是村长，就是我阿公把人家搞大了，有人说是我那看似比较敦厚的老爸，也有人说是我那久久回来一次的浪荡子叔叔。而父子三人之中又以我爸嫌疑最大，因为我妈几年前跟一个外烩厨师小帅哥跑了。

总之，最后流言又平息，大家共同整理出官方说法：米歇尔在印度尼西亚早就跟人家怎么样了，只是没讲，健康检查也不小心漏掉。总之，她又被带回了印度尼西亚。

　　算起来，我们的友谊非常短，且非常薄。我一周回家一次，扣掉准备考试没回家，三个月内，我们大概只见过十次。但因为那"语言交换"任务，让我们变得比较亲近。我读的是以学生英文程度自豪、以学风活泼开放自傲的第一志愿女中，而我来自四周是稻田的农村，英文听说读写，靠苦读还过得去。可是高一的英文老师，却交给我们一个情境式作业：与一位外国人当朋友，学期中，录一段与外国友人的会话练习，交录音带并听写下来。到了学期末，必须交一篇以"我的朋友某某某"为题目的英文作文。

　　那时是上个世纪九〇年代初期，我们还没听到过上网交友，手机还跟砖头一样大。找老外，只能上街去找。

　　周六中午下了课，我和几个住在市区的同学们，跑到儿童美语班去堵看起来很乐于助人的外籍老师，同学们好活泼地扑向前，英文叽里呱啦，我只是在旁边傻笑。有个同学机灵发现美语老师人数根本不够我们分，跑到旁边小吃街，找到了卖沙威玛的土耳其人。

我果然没找到，没分到。自卑感淹到了胸口，一个人默默地走向火车站。

"施文蕙！那你怎么办？"我听见那个找到土耳其人的同学叫着，我转头，声音小得只在嘴唇边："我自己想办法。"

我想到新生训练时，梳着优雅发髻的校长念出一长串杰出校友的名字，律师、政治人物，好多都是妇权战士。果然，这所学校从高一就开始训练学生做自己。或者说，靠自己。但我那时认识的自己，就是一个农村的村长家的孙女，来到城市，就变成一个不起眼、不太敢说话的平庸惨淡少女。

那天，我回家，就遇见米歇尔了。她救了我。

同学们找的语言交换对象都是金发碧眼帅哥，而我的是农村里的印度尼西亚帮佣，我觉得羞耻吗？老实说，一开始，有。但很快就不见了，因为米歇尔的英文实在好到不行，咬字清晰，几乎没有口音。

　　我的学期中作业拿到了全班最高分，因为录音带里除了我和米歇尔的对话之外，还有我阿嬷偶尔闽南语插花演出，我则要不断闽南语翻英语，英语翻闽南语。轮到我报告呈现时，录音带一放，老师和同学们听得大笑不已，特别活泼的那几个笑到拍手拍桌子，我在笑声和掌声中找到自信。老师总评曰："这才叫作生活化。"

　　而就在学期结束前，米歇尔因为不明隆起的肚子，被遣送回去了。后来想起来，我阿嬷曾用闽南语叫我问她："那个来的时候有没有那个可以用？"女人的话题，祖孙无代沟，语言无国界，"那个"在闽南语发音为"黑"，我不费力把两个"黑"拆解成"生理期"与"卫生棉"，再翻译成英文，问了米歇尔。她笑笑地摇摇手，说：Don't worry. No problem.

　　别担心，没问题。原来藏在字面下的意思是：我用不着。

　　米歇尔离开后，中介包退包换，又带来一个阿秋。阿秋是老手，闽南语很轮转，自然不需要我了。全家人与左邻右舍很快忘记了第一代印佣阿蜜。

倒是我那篇期末作文《我的朋友米歇尔》，因为结尾增加了分离的戏剧性，整篇情感马上拉升，再次得到全班最高分，周会时还代表全班上台朗读。但我记得我用简单流畅的英文，给了米歇尔肚子里的小孩一个合法的身世："原来，她在印度尼西亚已经结了婚，怀了孕，才来这里帮佣，现在她就要回去与丈夫团聚了，也许他们的生活会比较辛苦一点，但我相信他们一定满足而愉快，我们全家都祝福她。"

一整个是自己演。这一演让我当了三年的英文小老师，晋身风云学生，不再是那个自惭形秽的村姑。

寒假时，我收到米歇尔寄到家里给我的信，来自印度尼西亚巴厘岛。信封里装着一张卡片与一封长信，她用钢笔写的，两页优美而行云流水的英文书写体，不是印象中那种应该胖胖的东南亚字迹。

卡片上，她客气地感谢我们全家的照顾，对没帮我完成我的英文作业深感抱歉，因此，她把她自己的简介写成一篇文章，希望对我有帮助。但作业已经交了，而且，应付那三百字作文不需要这么多信息与故事，我读完后，才知道这是一封毫无线索的寻人启事。

2

我的名字叫米歇尔，今年二十五岁。我一生中最想做的事情，就是去台湾。

我出生在雅加达郊区一个贫穷的小村落，读小学时，就和我妈妈去巴厘岛当女佣。她换了好几个人家，她很勤奋，我放学后也会帮忙，所以主人都很喜欢我们。在我读初中时，妈妈到了一个英国人家里帮佣。他是一个人类学家，到世界各地考察，他在台湾的少数民族部落驻点时，认识了一位美丽的女士，他们结了婚，生了小孩，一起来到巴厘岛生活。

他们的儿子叫Dayu，年纪和我一样大，我们每天玩在一起。骑自行车、游泳、看日落，我带他去和我的叔叔学打鼓，我们大多时候用英文交谈，他也学了一点印度尼西亚话。

有一天，我们在河边，四周都没人，我们笨手笨脚，但是充满感情地，做了我们第一次的做爱。他说他会和我结婚，我也这么觉得。

但是，他的爸爸爱上了当地一个很美丽的舞者。他爸爸决定抛弃他妈妈与他，带着这舞者回英国。Dayu 的妈妈很伤心，带着他回台湾了。

他说他会写信给我，打电话给我。但是我从来没有收到过。我很寂寞，交了其他男朋友，也发生了关系，但我心里最爱的还是他。

几个月前，我终于成功去到台湾，在一户很好的人家帮佣。阿公、阿嬷、先生都对我很好，我还交到了一个好朋友，A-huei。她是一个很聪明，且心地善良的女孩。但都怪我自己，出发前还跟男朋友做爱，不小心怀孕了。我被送回印度尼西亚，但等我把小孩生下来，一定会再申请去台湾工作。

我想请我的好朋友A-huei，帮我留意有没有Dayu的消息。如果可以帮我找到他的话，我愿意终身免费在他们家帮佣。

3

我就是那个A-huei。阿蕙。但我拆解不出来Dayu，大鱼、大禹、达育、达宇？然后呢？请我阿公去拜托县议员去拜托政界人士，通过关系去查出入境数据？去比对这样一个从印度尼西亚入境的男孩？

我什么都没做，连信都没回。米歇尔后来又寄了几次圣诞卡给我，表面上是问候与祝福，信末的"协寻Dayu"才是重点。一样，我都没回，我等着她自己放弃我。到了我上了大学，娴熟网络后，曾有次兴起在搜索引擎键入"英国人类学家 台湾地区少数民族"等关键词，找看看有没有蛛丝马迹，但全一无所获。

米歇尔在我生命里的意义，就是帮助我在高中阶段从丑小鸭变天鹅。我大学毕业，又出去读研究所，再回来时，已是十多年后。米歇尔又寄了一封信到老家给我。好像她笃定了，无论我如何迁徙移动，那个住址，总住着我的家人。

她用的是一个女子沙龙的信封，飘散着精油香，里面有一张免费体验券，和一封用中文打字打印出来的信：

Dear A-huei：你还记得我吗？我前几年嫁来台湾，已经有了身份证，和丈夫离婚后，在台北这家沙龙当美容师，欢迎你来体验。我想跟你分享一个好消息：我找到大余了！

她附上了名片，上面有手机。我用短信和她约好时间，再见面的时候，已是我脱光光，让她在我背上抹油滑来滑去。我为什么来了？是贪图那号称价值三千六百元的疗程吗？也许是吧。

米歇尔的普通话好得惊人，而我隔着按摩床上那个洞，听她讲她如何与大余重逢。她说上个月，有天她下了班要过马路等红灯时，看到对面的停车格，一个货车司机下车，从货厢拿出小拖车，把几个纸箱摆好，然后拉着拖车，准备过马路。从那些细琐的动作，她就认出来了，是大余！从他弯腰的样子、走路的样子就可以认出来！绿灯亮了，他们往彼此靠近，在最接近的时候，大余没认出她，他们擦肩而过，她没勇气叫他。

她奔跑过马路，跑到他的货车前，她本来想，就在这边等他回来。但她看到挡风玻璃前有张"对不起，暂停一下"，上面有手机号码。

她打了，远远地，她看着马路那头的大余，停下脚步，从牛仔裤口袋里掏出手机，说："喂，你好？"

米歇尔用印度尼西亚话说："大余，我是米歇尔。"她说完眼泪流了出来。而她看到，大余整个人在马路边跪了下来，像是突然头晕那样。

他们那天开始就在一起了，大余工作完就会来找她，他们开着货车到处去玩。我说这真是浪漫的故事，我实在为她开心。

按摩做完，米歇尔假装（或真的）带下一个客人进按摩室了，只剩下我在那公主风的接待厅，接受店长的强迫推销。我用也许还要去海外进修的理由，推脱半天，才从那贵妇钱坑解脱出来。

为什么我们就不能是单纯的朋友呢？我只能选择，再一次对她无情。几次她打电话来，我不接不回，问候短信也一律不回，更别说那些"脉冲光买一送一""纤体晶亮焕肤"广告短信。

几个月过去，有天深夜，我接到她短信，用英文写的："我需要你！你可以到××医院来吗？紧急！"米歇尔也许略有心机，但不致诈骗，不知为何，我叹了口气，还是穿好衣服，搭出租车出门了。快到医院时，她又传来一家麻辣锅的地址，说她现在在那儿。那时我有点生气，也升起了戒心，我先远远地隔着玻璃窗，往里面打量。米歇尔与一男一女吃着麻辣锅，那对男女并肩而坐，而米歇尔坐在男的对面。那男的，就是大余吧，的确，长得就是货运界的布拉德·皮特。他们三人像陌生人一样。然后，我看见他们起身，米歇尔先走了出来。

我和米歇尔到公园的长椅坐下，我大概知道发生了什么事。大余已经结婚，却没告诉她。我不知道更戏剧化的是，她和大余在货车里翻云覆雨，结果被车子撞上，送进医院，奸情败露。

我去便利商店买了一手²啤酒和一包凉烟，我平时其实不抽烟，但我觉得现在好适合，我帮米歇尔点上。在我那农村老家拿着录音机和她英文会话练习时，我们绝对没想过，未来有一个场景会是这样。三十多岁与四十多岁的女人，抽烟喝酒，但我突然觉得，这才是我想要的友情。

喝着酒，我告诉米歇尔，如果不是因为她帮助我的英文作业，让老师同学刮目相看，我可能当时已经因为自卑与怯懦，转学回乡下的高中，可能大学会考很烂，也可能一辈子都没出过那个村庄。

　　米歇尔则不断念着：他怎么可以骗我？他怎么可以骗我？她说刚刚，在医院里，大余的妻子抵达之前，大余告诉她，他和这个"妻子"其实只是生活在一起，他们之间并没有法律效力的婚姻关系。大余主动说的，为了弥补米歇尔，他愿意为她做一件事，绝对会尽心尽力，做到最好。只要不让他离开现在的妻子。

　　"你猜我要他做什么？"我摇摇头。米歇尔从钱包里拿出一张照片，上面是个黝黑甜美的女孩。"这是洁西。我要他把洁西娶过来。"她对着那照片轻啄一下。我好像知道发生了什么事。

　　"就是那个，你从我家被送回印度尼西亚后，生下来的女儿？"我问。

　　"嗯，她现在十七岁了，过几年就可以嫁过来了。我已经有身份证了，现在我最希望洁西也有。"米歇尔好像没有任何心理负担，让心心念念、此情不渝的初恋情人娶自己的女儿？这是哪一招？那她，不就成了大余的岳母吗？

我拿过照片，就着路灯仔细看这女孩的轮廓，再一次偷偷检查，这女孩没有我家的血缘，更不是我同父异母的妹妹，确保自己不会卷入这复杂的巴厘岛之恋。（也许我阿公或我爸，甚至我阿嬷给了她一笔封口费？）老实说，我仍无法百分之百确定，但我谁都不敢问。

"然后呢？"我问，又打开了一罐啤酒。

过了好久，我才听见米歇尔用微弱沧桑的声音，说："然后，就 wait and see 啰。"

1　较为黝黑粗犷。
2　即六瓶。装在一起可一手提着。

生命中有某样东西大于我，遇见了……*

《亲爱的小孩》写了十年，《遇见》却在十八个月后问世。我们可以看到《遇见》的主题比《亲爱的小孩》更显著，策划性，或者说整体性也较足够，可以聊聊你在创作这两本短篇小说集时的状态有什么不同吗？《遇见》又是怎么开始的？

　　《亲爱的小孩》写十年，显而易见主要状态就是懒散。当然也是因为中间去做了其他的事（工作、写散文、写剧本、拍电影），它虽然有《亲爱的小孩》同名短篇当作主力，但基本上还是个较散漫的集结，这是不可否认

---

* 此访谈涉及本书繁体版书名由来等问题，故在本访谈中保留繁体版书名《遇见》。

的，它比较是写作轨迹与年轮的一览无遗，或者说，新歌加精选。那么，新歌是哪些呢？我想是《亲爱的小孩》《礼物》《马修与克莱儿》这三篇。

而《遇见》原先构想的，是《马修与克莱儿》的延续。我想用人物来带故事，篇名就用人名，而原本想的是以几篇当作一组：如《周期》与《米歇尔》，是同一个故事的两面，白话文叫作元配与小三。但写着写着，又把这种"设计"打破了。后来干脆让每篇各自独立，只留一小条线索当作寻宝，其实哪一篇先看都没关系，没看出这人跟那人有关，也没关系。

写这七篇小说的时候，我还是经常到处旅行，接了电视剧本《征婚启事》，电影剧本也在进行，还完成了浩大的搬家工程。但我觉得写小说对我来说，已经是一件很有纪律的事。例如，《叶妍玫》最早发表在《皇冠》杂志的六十周年特别号，小说还没写完，我就必须去东京。我把自己关在新宿那个狭小但阳光充足的房间里，写写修修整整两天，完全不会觉得，都来到日本了没去吃喝玩乐有什么可惜。《小芝》更特别，开了头之后，我就到欧洲交流兼旅行，从德国的斯图加特到巴黎、巴黎到阿维尼翁、阿维尼翁到尼斯、尼斯到佛罗伦萨，每一程长途火车上，只要坐定了，吃饱了，我就把桌子放下来、打开计算机开始写。而在台北的工作状态则是，把剧本交出去等候意见回复的那一两天，我就可以再把某一篇前进个两页，或打出新的一篇的草稿。

不再像以前，需要热机热半天，或需要心无旁骛、斋戒沐浴才慢吞吞打开档案。主要是，生活与工作时仍然是忙碌的、紧凑的，但写小说是一件很快乐的事，恨不得赶快见到它，会甘愿为它排出时间。就像热恋中的情侣再忙都会挤出时间来约会，说没时间的通常是没那么爱了。（笑）

《遇见》就是在这种，我与小说热恋的甜蜜期完成的。

当然最理想的创作状态是，只写小说，其他别的都不做。但当现实无法给予这种条件时，才是考验真爱的开始。

记得有一天，你突然决定要用"遇见"来当作这本书的书名。请梓洁跟我们谈谈，为什么是"遇见"呢?看完这本书会发现，遇见有时候是故事的开端，有时候是故事的结局。遇见这件事，对你来说到底是什么?

　　今年二月我去了一趟云南。我平日生活散漫，但在旅行中会把自己收得很紧，所有行程细节都会安排妥当，不容出错，但唯独云南可以，因为我跟它实在太熟了。我知道我可以安全地把自己抛出去几天。那是几乎完全没有预约的旅程，飞机到了丽江，我才知道我是个大笨蛋，因为那天是小年夜，隔天是除夕，古城恐怖的人潮还可以不闻不见，但，所有巴士都停开。完蛋了，我哪儿都去不了，而且除夕夜开始到大年初三，丽江旅馆民宿房价将翻两三倍。我必须想办法离开丽江。我挨家挨户地去询问每家旅游代办处、散客服务中心、驴友（自助旅行、登山同好）俱乐部，都没有车子，因为所有车子都被旅游团包了。这些柜台大姐小弟一个个浑身是戏，有个戴牛仔帽、叫苍鹰还是苍狼的向导，还一边斟酒，

184

一边跟我说他到世界各地高山远征的故事。

后来，我只好做了我这辈子原本打死不做的事：跟旅游团，坐游览车从丽江到香格里拉。一整车，有浙江富商带了小三、私生子，以及和元配生的胖女儿；有北京白领双T双婆；当然平常人家的也很多，唯独我一人独行。而其中最挑起我小说家神经的，是藏族姑娘导游。我本来很怕导游，觉得他们就是一直推销商品和一直讲冷笑话而已，但这妞儿很强悍很有原则，会直觉她当导游前都是在草原骑马打猎的。有人迟到一分钟她就会板起脸孔，像个值班员站在车门边喊："快！快！快！全车人都等你呢！"长得漂漂亮亮也不给亏，非常硬。后来才知道，她之前带团去雪地，有个孕妇不听劝告还下去玩，结果流产了，她被停工好久。

我当时想，这几乎就是马修·斯卡德的角色原型了吧！误射了小女孩，从此流放自己；意外让客人流产，从此冷硬铁血。

旅游团解散后，我继续往西走，到梅里雪山山区，最后徒步到名为"雨崩"的村落。一路认识了好多人，在两三天内，在海拔三千多米、气温零下的地方，相识、一同拼车拼房、一同吃饭喝酒、道别。

我又回到香格里拉，那当时没人要去的地方。在我出发前两周，千年古城里客栈的电暖炉烧到了窗帘，窗帘又蔓延到木头屋梁，天寒地冻水管都结冰，根本救不了，居民住客一一逃出，看着整座城变成火海。

我十年前第一次去香格里拉的时候，那片古城非常冷清，只有几户住家，一两家酒吧与咖啡馆，许多宅院老旧失修，巷弄里真的只有老人和老狗；七年前第二次去，它已重新被修缮招商，变成酒吧街、商店街，夜夜笙歌；今年第三次去，什么都没有了，只是一大片烧焦的废墟。

其实我内心的冲击是非常非常大的。有一种记忆被铲除销毁，却莫可奈何的感觉。而事实上，这种感觉，在我有丰沃记忆的区块，如台中旧市区，如师大夜市，也一直在上演着。

　　回到台北后，不到一个月时间，我决定把原本依山傍水的郊区房子卖掉，搬到市区的老公寓，回到租屋族。因为住市区不需要车子了，也把车子卖掉。无房无车，人生重新开始。因为在去云南之前，我一直在找台中的房子，想搬回台中，却非常非常不顺。但心念一转，租房、卖房、打包搬家，却有如神助一样，一件件迅速安妥。

　　我知道有很多很多东西，我无法掌握。我唯一能做的，就像是处在暴风中心，看着它，看着它要到哪里去；看着，我什么时候该出手做些什么。隐隐约约去感受，这事是会成的，它就会很顺；不成的，断手断脚也成不了。（小芝曰：如果是命中注定，应该不会那么难遇见，遇见之后，也不应该有那么多困难。）

　　大约就是在最仓皇忙乱的时候，有天和朋友在线传私信，他听我说了这一大堆，只回我一句德勒兹的名言："生命中有某样东西大于我，遇见了……"（朋友在后面自己还加上：嘿嘿嘿。）这句话正中红心。

我遇见的，就是那个抽象的、大于我许多许多的东西。遇见一个个出现又消失的人、一座兴起又衰败的城、泡沫般却一直汩汩涌上的房价……我能做的，就只是看着它。或者，再多一点，把它写下来。

然后，练习对它说：嘿嘿嘿。

这本书有个很有意思的地方，就是里头的角色穿梭在不同的篇章之中，有时是主角，有时是配角，有时是写发生在他们身上的事，有时根本不干他们的事。甚至上一本小说里的一些人，也跑到《遇见》里来。好像你一旦写出了他们，他们就有了自己的生命故事，而且这个故事将没完没了。为什么你会这样安排？

"看似各自独立的短篇，角色其实隐隐相连"，这样的技法并不新。例如我印象很深刻的，成英姝的第一本小说集《公主彻夜未眠》即做得相当好。而同一角色（或同一名字）在不同著作中流窜、延续与再生，我想许多作者也都"玩"过。

在许多好莱坞贺岁片，或情人节档强片，也常用这种叙事法，看似不相干的好几组人，在忙各自的事，各有各设定好的议题，然后最后，砰，大团圆，原来他们是一家人，或最后在同一个party里狂欢庆祝。我比较不喜欢这种最后硬要巧妙牵在一起大团圆大和解的设计。我喜欢让每个角色，背对背开始各自的人生，我觉得那是小说家应该赋予他们的权利。

我还记得看过的一部电影《九条命》（ *Nine Lives* ），导演是马尔克斯的儿子罗德里戈·加西亚。电影由九个女人的生命切片组成，是九段短片组成的一部长片。好几年前在大陆淘碟意外看到的，所以记忆不怎么准确。我记得有一段是在医院里，主角是个老妇人，一个黑人护士推车进来送药，只有这个动作。而到了某一段，这个护士成了主角，她回到原生家庭，面对着她严重的家暴问题。看到后来会去观察并期待，现在出现的这个临时演员、这个路人，是不是下一段的主角？

我也许把故事都忘掉了，却记住了形式，代表形式还是举足轻重的。

　　但这些电影，都仍是导演全知全能的观点。在《遇见》里，我尝试不但让角色"神出鬼没"，还被用不同的叙事观点再说一次。像"米歇尔"，在《米歇尔》里，她是施文蕙家的乖巧女佣，到了《赖彩霞》，她已把自己"升级"为豪宅管家。这中间她又经过了哪些流转？各自想象。或者，《赖彩霞》里的那个米歇尔也不是这个米歇尔。

　　或是庄福全，他在不同篇被不同女人叙述，可是从头到尾都没有帮自己发过声;《哆啦A梦》也是由他的病人、妻子、女儿、女儿女友、前妻来肢解；大余则交给周期与米歇尔；而《小兔》里的小兔与熊，不过是两个网络分身。

　　必须再说一次，这个手法并不新。我做得是否够好，应该留给评论家判断。为什么这么做？我自己只能说：好玩。自由。能赋予故事不同角度与不同样貌。毕竟谁遇见谁，你来我往，经常你想的不是我想的，小说家与其将心比心，不如让他们各说各话吧。

190

在你的小说中，每个人物各自独立，都有不同的想法与人生故事，但又有隐约的联结，构成了一个总体的"心灵群像"，可以说是刘梓洁版的"台湾浮世绘"，这些人物印象是来自自身的经验，还是对社会的观察?是不是也可以与我们谈谈，你是如何"遇见"小芝、周期、赖彩霞这些角色的?

这个问题让我想起约翰·欧文某一本小说里曾把会问作者"请问你灵感是从哪里来的"这些读者称为"菜篮族读者"。因为他们以为写作就像买菜一样，买一买放进篮子里，再丢进锅子炒一炒就出来了。当时我读着，心想，万一以后被问到这问题，我就要回答："都是我去大润发和好市多买来的。"（笑）

而这，不完全是开玩笑哦。

《遇见》与《亲爱的小孩》最大的不同是，《亲爱的小孩》的主角非常显著，几乎都是光鲜亮丽、独立自信的都会女性。但《遇见》里多了许多残花败柳。如哆啦A梦的前妻、赖彩霞等，身体有一部分松脱崩落、没把自己旋好的中年妇人。

这来自我这两年在素食店、有机商品店、大卖场的观察，也在新闻上看到诸如母女档在美食街找头发、蟑螂蛋来吃霸王餐的真人真事，或更激烈的，妇人把儿子带去宗教团体虐死。

我觉得她们已像是某个异端秘教，程度有轻有重，就算她们不结党集社，你也可以一眼辨出。

布洛克笔下的马修·斯卡德，被跟班黑人小弟阿杰问到"你通常靠什么破案？"时，回答："直觉、耐心，多半时候是运气。"

我想我也常像个蹲点驻守的侦探，不放过任何一个蛛丝马迹，理着线索，大胆假设推理。怎么遇到这些角色的？直觉、耐心，多半时候是运气。

这七篇小说里充满"意外"，可能是意外遇见某个人，意外碰到某件事，或者发生了各式各样足以搅乱人生的意外。这样的意外很戏剧化，却让人感到无比真实，似乎真有"命中注定"这回事？这种偶然又必然的意外，是你的小说里很重要的命题？

与其说是"命中注定",不如就说是"因缘",或俗一点,"缘分"吧。小说家不但是说故事的人,也是问问题的人。其实每一篇,我都在问一样的问题:到底有没有命中注定这回事?

我们遇见一个人,觉得一见如故,或是有些人,不管见过几次,见到他就是想躲起来。那种契合不契合、对盘不对盘、来电不来电,似乎已不是自己能选择。随顺因缘吧,我们随着年纪增长这么想。但到底是为什么呢?

周期在父亲离弃后会梦游,施文蕙遇见小芝时就觉得不对劲,小兔和马修就是不能在一起……这些问题,可能就像克莱儿在九二一地震那晚拨通的手机,到底是接到哪一样,只能继续埋没在瓦砾堆里了。

因为无解,所以有小说。

另外说到"意外"或"戏剧化转折"。我属于从没网络到有网络的那一代。我出生时还没有手机,高中编校刊时是用完稿纸手工排版,连框线都是拿针笔一条一条画上去的,上大学才学会打字与上网,智能型手机刚出来的时候还以为自己拇指太大，怎么按都按不准。终于这两三年，把智能型手机用得很熟练，开始学脸书、LINE、微信等通信方式。

网络科技又把人世因缘震动了一下。走在路上不会遇见的人，在网络上遇见了（小兔与熊）；打死不可能一屋子说话的历任女友们，变成群组信里的联络人（施文蕙、小芝与其他女人）；初中老师会来加你为好友（赖彩霞与克莱儿）……也许对一出生就摸着手机的新世代而言，这一点都不算什么。但我是从无到有、从科技白痴到不那么白痴，所以感受特别深刻。

更具体而宏观地说，整个物质世界的风吹草动，都有可能左右人与人之间的缘分。一班飞机误点，可能凑成一对佳偶或拆散一对情侣；一场地震让一个家庭重新洗牌……也可能一个喷嚏、一个眼神，就让世界一分为二。我不认为这是戏剧化，而是因缘汇聚的结果。

说个好笑的。几年前有个哥们突然若有所悟地告诉我："原来，速度真的会改变爱情的样貌。"我心想，哇，

194

好哲学的领会啊！他接着说："高铁通车后，我开始把台中的妹了。"（笑）

借句小芝的话：是不是！就是这样！

身兼小说家与编剧两种身份，有什么好处?或是有什么困扰?对你而言，写小说还是写剧本比较难?或比较有乐趣?

写小说还是写剧本比较难？以前我总毫不犹豫地回答，是写小说，因为小说必须去等待、捕捉灵光一现的句子。但渐渐成为一位职业编剧（意即写的剧本不再是"创作""作品"，而必须是立即可拍、方便工作的"一剧之本"），我才意识到，剧本更难，难在如何把那些抽象的、意象的、象征的、感觉的影像文字化。

用大家都懂的食物来比喻。若意大利肉酱面是小说的某一段，我可以写：

"来自意大利波隆那的家常菜肴，酱汁浓郁，绞肉与西红柿泥完美结合，包裹着手工鸡蛋面。"但若是剧本的某一场，很抱歉，最好安安分分列出："绞肉300克，新鲜西红柿两颗切丁、西红柿糊一罐……"如果一场戏是一盘菜，编剧的重责大任就是，你要想象着它端上桌的样子，并立马分析出所有食材食谱与做法。这是乐趣，也是挑战。

相形之下，小说就是无国界创意料理，你要从产地到餐桌，直接啪啪原食材无添加上桌也可；要让食物形体消失，只萃取气味做成泡沫，也很棒。一个人面对计算机写得很开心，就像在流理台前面玩得很开心。

至于困扰，如果一个人读完我的小说，对我说："每一篇都好适合改编成电影哦！"我会觉得这是赞美。但若这人对我说："你是不是为了改编才写这篇小说的？"我会很想谢谢再联络。（笑）

事实上，我自己多年前当记者时也曾经犯类似的错误。当时我去采访著名小说家兼剧作家萧飒，她已经沉寂很多年，因为改编白先勇老师的《孤恋花》才又稍稍露出。我记得我问她："请问您接下来会想改编哪部小说呢？"她回答我："你怎么不问我，我想自己写什么样的剧本？或我想自己写什么样的小说？"我觉得真糗。

"编剧"的角色经常是渺小，甚至隐形的。它的性质比较像是服务与给予。服务导演，给予演员（更多戏、更多表演空间），写剧本时候的快乐也是来自这两者。如前面所说，小说家是在丢问题的人，那么在影视里，丢问题的权利在导演身上，编剧是解决问题的人。你丢我捡，一开始当然苦命，一旦磨合出默契了，便开始有集体创作的乐趣。

编剧给我的全职写作生活带来可温饱的收入之外，也让我不那么自闭。我还是要出门开会、与人谈话。不然我应该会完完全全变成有社交恐惧障碍的宅女。

回到那个谢谢再联络的问题：你写小说时就想着要改编吗？

其实改编不是那么容易的事。而且，要那样的话，我直接写剧本就好啦。

请聊聊你的生活，你主张生活要多彩多姿才写得出东西吗？

反过来问，我在什么情况下会写不出东西好了。我只要没睡饱，或没睡好，那一整天就完蛋。我觉得某些程度，小说家是一台信号接收器，一定要睡眠充足、精神饱满，信号才会满格。

我的生活其实很无聊。写完小说，最开心的事就是可以读小说；交完剧本，最幸福的事就是可以看电影。光这四件活动（写小说、读小说、写剧本、看电影）就占掉生活的大部分时间，其次是瑜伽与旅行。而好像做什么事情都像在为写作做准备，一旦雷达打开，连坐公交车都可以很有戏。

例如，前些时候，有天在公交车上看见一个女游民，约莫四五十岁。我一开始没注意到她，是因为她想坐霸王车不刷票，和司机起了争执，我才看到她与她的所有家当：一个菜篮推车，一个捡来的破行李箱，外挂很多塑料袋。她穿着一身金黄色缎面蚕丝睡袍，表面又亮又滑、上面还有牡丹刺绣那种。我母亲有年去大陆旅游时曾经带一件几乎一模一样的给我，我知道要价不菲且柔软保暖，但因为它长那样我实在很难把它穿上身。冬天寒流来时曾经当了几次披肩与垫被，后来还是送到旧衣回收了。我不禁开始想，女游民现在身上这件，是我的那件吗？一个母亲的爱心，如何流转成在街上给人看笑话的奇装异服？

此外，因为瑜伽的关系，我也广涉其他身心灵疗愈，如灵气、按摩、颂钵、冥想，等等，不必把这些东西看成装神弄鬼，它们的目的都是相同的，且非常单纯：移除身体的障碍。而对一个小说家而言，想不断写出东西，第一步就是让身体这个接收故事的平台，信号更畅通无阻吧。

接下来，你想写什么?什么样的体裁或什么样的故事?

写完两本短篇小说后，我想可以休息一下，把这几年写的关于瑜伽、饮食、旅行的杂文集结成一本较轻松的杂文集。为什么不称为"散文"了呢？不只是向村上春树学习而已。而是，虽然得过散文大奖，也了解好的"散文"必须如何设计与掌握，但我始终觉得，诗以外的文类，应该只有"虚构"与"非虚构"类。非虚构类，可纪实、可抒情、可议论、可长可短。杂文就是如此。

至于虚构的小说，我的日据时代家族史一直还躺在抽屉里。我也想尝试"社会派"小说，对一个案件认真研读、深入采访，写成小说……最后借米歇尔的话：然后，就wait and see啰。

前阵子脸书很流行点名，十部你最推荐，或影响你最深的书与电影，请分享你的名单。

书：

沈从文《边城》

米兰·昆德拉《不能承受的生命之轻》

安妮·普鲁《断背山》

加西亚·马尔克斯《百年孤独》

J.M.库切《耻》

保罗·奥斯特《孤独及其所创造的》

约翰·欧文《盖普眼中的世界》

劳伦斯·布洛克《八百万种死法》

远藤周作《深河》

朱利安·巴恩斯《终结的感觉》

电影：

莱奥·卡拉克斯《新桥恋人》

路易·马勒《烈火情人》

让-马克·瓦雷《花神咖啡馆》

亚历桑德罗·刚萨雷斯·伊纳里图《21克》

德里克·斯安弗朗斯《蓝色情人节》

大卫·芬奇《搏击俱乐部》

朴赞郁《老男孩》

成濑巳喜男《浮云》

王家卫《阿飞正传》

娄烨《颐和园》

备注：不分名次排列，且随时更新中。

文
景
——————
Horizon

社 科 新 知　文 艺 新 潮

云是黑色的
刘梓洁　著

出 品 人：姚映然
责任编辑：卢　茗
营销编辑：陈　茜
封面设计：周安迪
版式设计：安克晨

出　　　品：北京世纪文景文化传播有限责任公司
　　　　　　（北京朝阳区东土城路8号林达大厦A座4A　100013）
出版发行：上海人民出版社
印　　　刷：北京中科印刷有限公司
制　　　版：南京展望文化发展有限公司

开 本：890mm×1240mm　1/32
印 张：6.5　字 数：85,000　插 页：2
2018年7月第1版　　2018年7月第1次印刷
定 价：39.80元
ISBN：978-7-208-15240-3/I·1734

图书在版编目（CIP）数据
云是黑色的 / 刘梓洁著 .—上海：上海人民出版
社，2018
ISBN 978-7-208-15240-3
Ⅰ.①云… Ⅱ.①刘… Ⅲ.①短篇小说—小说集—中
国—当代 Ⅳ.①I247.7
中国版本图书馆CIP数据核字（2018）第128176号

本书如有印装错误，请致电本社更换　010-52187586